古典文獻研究輯刊

二五編

曾永義 主編

第 15 冊

春色如許
——對清代《昇平署扮相譜》之研究

李德生、王琪 著

國家圖書館出版品預行編目資料

春色如許——對清代《昇平署扮相譜》之研究／李德生、王琪
著 -- 初版 -- 新北市：花木蘭文化事業有限公司，2022〔民
111〕
目 4+250 面；19×26 公分
（古典文學研究輯刊　二五編；第 15 冊）
ISBN 978-986-518-797-2（精裝）
1.CST：中國戲劇 2.CST：文學與藝術 3.CST：清代
820.8　　　　　　　　　　　　　　　　　110022418

ISBN-978-986-518-797-2

古典文學研究輯刊
二五編　第十五冊　　　　　　　ISBN：978-986-518-797-2

春色如許
——對清代《昇平署扮相譜》之研究

作　　者　李德生、王琪
主　　編　曾永義
總 編 輯　杜潔祥
副總編輯　楊嘉樂
編輯主任　許郁翎
編　　輯　張雅淋、潘玟靜、劉子瑄　美術編輯　陳逸婷
出　　版　花木蘭文化事業有限公司
發 行 人　高小娟
聯絡地址　235 新北市中和區中安街七二號十三樓
　　　　　電話：02-2923-1455／傳真：02-2923-1452
網　　址　http://www.huamulan.tw 信箱 service@huamulans.com
印　　刷　普羅文化出版廣告事業
初　　版　2022 年 3 月
定　　價　二五編 19 冊（精裝）台幣 48,000 元　　　版權所有・請勿翻印

春色如許
——對清代《昇平署扮相譜》之研究

李德生、王琪　著

作者簡介

李德生，生於 1945 年，原籍北京。旅居加拿大，為加拿大文化更新研究中心研究員。從事中國戲劇和東方民俗之研究。

王琪，生於 1942 年，原籍北京。著名評劇表演藝術家，中國戲劇家協會會員。在長期的舞臺實際中成功地塑造了一系列戲劇人物，獲得文化部門授予的多項嘉獎。主演首部評劇電視連續劇《慧眼識風流》，獲北京電視臺優秀戲劇電視片獎。現為加拿大華楓藝術家聯誼會理事。

《清宮戲畫》（中國百花文藝出版社出版 2006 年）

《束胸的歷史與禁革》（花木蘭文化事業有限公司出版 2021 年）

《粉戲》（花木蘭文化事業有限公司出版 2021 年）

《血粉戲及其劇本十五種》（上中下冊）（花木蘭文化事業有限公司出版 2021 年）

《京劇名票錄》（上下冊）（花木蘭文化事業有限公司出版 2021 年）

《禁戲（增訂本）》（花木蘭文化事業有限公司出版 2021 年）

《煙雲畫憶》（花木蘭文化事業有限公司出版 2021 年）

提　要

《昇平署扮相譜》是慈禧皇太后暇時的娛目珍玩，原收藏於壽康宮中的紫檀大櫥之中，約有數百幀之多。清帝遜位後，宮中管理不善，被太監宮女偷盜出宮，而散於市井和海外。經齊如山和梅蘭芳發現並收藏以後，部分作品得以保存至今。筆者有幸接觸到《扮相譜》的部分畫作，並曾收集到《扮相譜》的圖像三百三十餘幀，集結成冊，與王琪女士編就一本《清宮戲畫》圖冊，由中國百花文藝出版社於 2010 年出版。面世後反映良好，成為一本普及戲劇文化知識的趣書。近期，在 UBC 大學亞洲圖書館的幫助下，筆者又陸續蒐集到流散於海外的《扮相譜》圖像一百多幀。除去重複的之外，合計一起共有四百四十八幅。遂萌生「讀圖述史」之想。現就《扮相譜》的發現、流出、中轉、集存、展示、數量、劇目，以及臉譜、「三衣」、太監伶人、旗裝戲、徹末等方面，進行了分析和考證，從中可以看到清代宮廷演戲的管理、規制，以及原生於民間的戲劇，在皇室、權貴們的熱衷參與下，加工、規範、提高，逐步昇華為「國粹」藝術的光燦歷程。寫得以下文字，就教於廣大的戲劇愛好者。正所謂：「不到園林，怎知春色如許！」若翻開《扮相譜》仔細欣賞，當亦有此感歎矣！

目

次

上卷　《昇平署扮相譜》詳考

緣　起

　　明湯顯祖《牡丹亭》劇中，寫深閨寂寞的杜麗娘去花園遣興，見到滿園「姹紫嫣紅開遍」，不覺失聲吟道：「不到園林，怎知春色如許？」。筆者每每翻看自己所收集到的《昇平署扮相譜》，面對著花團錦簇，手之、舞之、足之、蹈之的各色戲劇人物，也會情不自禁地陡生感慨，真是「不到園林，怎知春色如許！」

　　筆者在十餘年前，曾以個人收集到的《昇平署扮相譜》圖影三百三十一幅，編輯出版了一部《清宮戲畫》，面世之後，反響極佳。不僅反映了廣大讀者對這一題材的濃厚興趣，同時，也激勵著筆者進一步深入研究和探索這一課題，堅持不懈地尋覓散佚在國內外同類冊頁的蹤影。迄今，在眾多師友全力的襄助下，一共蒐集到《昇平署扮相譜》各類圖影，共計四百四十餘幅，應稱「最全者」矣。而今，與臺灣花木蘭文化事業有限公司合作，擬將《昇平署扮相譜》全貌披露於世。在目前京劇大不景氣的情況下，擬向廣大戲劇研究者和愛好者現曝，不僅有「記得綠羅裙，處處憐芳草」〔註1〕之想，更有「愛護國之粹，不忍看凋零」之意耳。

一、《昇平署扮相譜》之發現

　　筆者第一次接觸《昇平署扮相譜》這類清宮戲劇人物畫，是在文化大革命之後的 1987 年。當時，我在體改委屬下的《中國農村經營報》公關部工作。為了打響這一新興報紙的知名度，我們從「振興京劇」入手，與《中央電視

〔註1〕見北宋賀鑄詞《綠羅裙》。

臺》、中國戲劇家協會合作，主辦了《首屆中青年京劇演員電視大獎賽》。筆者與胡恩〔註2〕被選為大賽辦公室主任，負責籌辦日常工作。為了蒐集資料，筆者特意到西城區護國寺梅蘭芳先生的故居訪問。此宅在文化大革命期間，由時任中央文化部副部長的浩亮〔註3〕遷入居住。文革後，浩亮定為「四人幫爪牙」被捕入獄，此宅騰空。文化部這才又開始恢復籌辦「梅蘭芳故居紀念館」。當時，中國京劇院四團團長王景安〔註4〕先生出任紀念館代館長，負責該館的重建工作。他知道我喜歡繪畫，就拿出了一函綴玉軒〔註5〕藏的工筆戲劇人物畫讓我看。其中，有一些有明代戲曲臉譜，還有一些是清宮戲劇人物「扮相譜」的冊頁。

這些「扮相譜」冊頁為宮綾精裱，是傳統的工筆彩繪戲劇人物畫，每幅繪一齣戲中的一個角色，姿態不同，神色各異。因為保存不善，有的絹底受潮，已有黴變，至使畫面斑駁。白色的鉛粉也因部分氧化而變成黑色。但是，瑕不掩瑜，其畫工之精細，色彩之絢麗，足以令人觀止。仔細端詳，畫上的人物依然栩栩如生、傳神阿堵，大有呼之欲出之感。畫芯約九寸高、七寸來寬，所繪人物皆為半身繡像，右上角題有戲名和角色的稱謂。有的畫中的一側還寫有「穿戴臉兒俱照此樣」等字樣。所以，人們稱其為「昇平署戲劇人物扮相譜」。說是，當年昇平署為內廷演員扮戲時所用的標準譜樣。

最早發現這批畫作的是齊如山先生，他在自己的《文集》中談到：民國十年（1921）前後，有一次，他到前門外煙袋斜街的掛貨鋪子裏閒逛，無意中見到這些冊頁，甚覺稀罕，知是宮中流出之物，便悉數購回。與綴玉軒的「梅黨」們傳看，大家都覺得十分新奇，認為這是研究中國戲曲史的寶貴資料。事隔不久，琉璃廠的古玩商們也嗅出味道，便隔三差五地捧來一些同類畫頁，送到梅蘭芳先生的府上沽售。梅先生看到也甚是喜愛，不問價錢，悉數全收。

〔註2〕 胡恩：1983 年畢業於北京廣播學院。1983 年到中央電視臺工作，先後在文藝部、影視部、總編室主任。現為中央電視臺副臺長。

〔註3〕 浩亮：著名京劇演員，原名錢浩梁，因在《紅燈記》中扮演李玉和後，受到江青重用，曾任文化部副部長。文革後，錢浩梁被認作「爪牙」投入監獄接受審查，最後被定為「犯有嚴重政治錯誤，免於起訴」。1982 年初才恢復自由。2020 年病故。

〔註4〕 王景安：原北京工人俱樂部職工，文革期間「三結合」時代提幹，任樣板團副團長。文革後任梅蘭芳紀念館籌辦館長，勇進評劇團團長。

〔註5〕 綴玉軒：綴玉軒是梅蘭芳在北京西城護國寺居所的書房名，取意為「綴玉聯珠，群賢畢至」。

二、《昇平署扮相譜》從宮內流出

朱家溍〔註6〕先生根據昔日《故宮物品點查報告》的記錄考證說：「這些畫作（指「扮相譜」）是清宮大內的藏品，一直收藏在慈禧皇太后的寢宮——壽康宮中的雕花紫檀大櫃裏，是愛看戲的慈禧太后平時賞玩之物。」

壽康宮位於故宮內廷外西所，是清季歷代皇太后居住的寢宮。自乾隆朝慶皇太后、康熙穎貴太妃、道光孝和睿太后，均曾居住於此。到了慈禧晚年，她也在此居住，宮中正殿懸掛「蘭殿延禧」的匾額。另一側的紫檀櫥便是存放「扮相譜」的地方。這批「扮相譜」相當於今日的戲劇相冊一樣，是慈禧太后暇時展玩、養眼娛目的「愛巴物」〔註7〕。

那麼，這些對象又何以流出宮外的呢？慈禧太后死於光緒 34 年，即 1908年 11 月 15 日。三歲的宣統皇帝溥儀延續大統，登基繼位。此時，大清政權已搖搖欲墜，後宮一片淒涼。慈禧的寢宮更是疏於管理。太監宮女也一個個淒淒惶惶、不可終日。他們為了個人著想，偷盜之風漸起。貴重的、大的、顯眼的東西不敢偷，而那些小的、看似不太起眼兒的東西便常有丟失。大多是行走太監與宮外承事相互勾結，或若宮女借與宮外會親之機兼以夾帶。日久天長，流入市井的宮廷雜物就多了起來。尤其清廷遜位之後，宮中大批裁減宮女、太監，致使宮中偷竊之風日炙，甚至一些官員也參與其中。慈禧太后喜歡的「扮相譜」大概也是這一時期被人陸續「順」出皇宮的。

溥儀在《我的前半生》一書中也談到這些事。他說，在他十三歲的時候，他的英文老師莊士頓先生曾對他說，琉璃廠一帶的古玩鋪中就公開陳列著不少宮裏的物件，量珠待售。溥儀聞知大驚，下令嚴格清理宮中物品，不想反而釀出大禍。作賊心虛的太監們怕私情敗露，竟然放了一把火，把建福宮附近一帶，包括靜泊軒、慧曜樓、吉雲樓、碧琳館等許多建築都燒毀了。這些建築中是紫禁城裏儲藏文玩珍寶最多的地方！

相較之下，「扮相譜」之類的畫片和一些善本書籍，則屬於宮內不值錢的小物件了，即便發現有所丟失，也不值得興師動眾地追究。翁偶虹〔註8〕先生

〔註6〕朱家溍：著名的文物專家和歷史學家。字季黃，浙江蕭山人，朱熹第 25 代世孫。故宮博物院研究員、國家文物局文物鑑定委員會委員、中央文史研究館館員、著名的文物專家和歷史學家。

〔註7〕愛巴物：北京土語即最珍愛的東西。

〔註8〕翁偶虹：著名戲曲作家、教育家、中央文史研究館館員，北京人。原名翁麟聲，筆名偶虹。自 1930 年起先後在中華戲曲科學學校、中華戲曲專科學校任

在他的《回憶錄》中說：當年為給富連成科排演《頭本混元盒》時，就從大內出宮的太監陳子田處，購買到「二十八宿」的扮譜和臉譜。他的弟子張景山在《翁偶虹秘藏臉譜》一文中也談到，翁先生曾從出宮太監玉貴處賣到《昇平署十盜臉譜》和《鐘球齋臉譜集》六十八幀。所以，彼時不少「昇平署扮相譜」被太監們賣到了琉璃廠的古玩店和楊梅竹斜街的掛貨鋪子，也就沒有什麼奇怪的了。

傅惜華〔註9〕先生說：他在為梅蘭芳《舞臺生活四十年》第三集做記錄整理的工作時，曾問過梅先生購入「扮相譜」的情況。梅先生說：「這部畫冊是民國十年左右的時候，在琉璃廠德友堂買的。」（見朱家溍《梅蘭芳藏戲曲史料圖畫集》一文）

三、《昇平署扮相譜》的中轉站德友堂

琉璃廠是北京著名的文化一條街。自清順治元年（1644年）十月，聖祖皇帝詔告「滿、漢分城居住」。遂後又頒布「凡漢官及商民人等盡徙南城」的諭令。於是，漢族在朝任職官員、文人墨客和商民人等，多遷至琉璃廠、虎坊橋周圍寓居，清史稱之為「宣南士鄉」。由於他們身居琉璃廠附近，又經常出入於琉璃廠的商賈書肆，從而確立了該街特有的文化基調。加之清廷內府修書活動的緊迫和工程浩瀚，更促進從各省採進民間藏書業務的興盛。琉璃廠大小書肆林立，也拉動了琉璃廠集珍古玩、文房四寶等商業文化的繁榮。彼時，琉璃廠周圍建有眾多的會館，皆是全國各地應仕舉子們的棲身之所。他們在應試之餘，就都成了琉璃廠源源不絕的客戶。《帝京歲時記勝》載：「每於新正元旦至十六日，百貨雲集，燈屏琉璃，萬盞棚懸；玉軸牙籤，千門聯絡，圖書充棟，寶玩填街。」一些臨時性的書攤，因這裡的生意興旺，逐步發展為座商書肆。

琉璃廠附近（宣武門外至前門一帶），各省的會館多建於此。會館裏住著來往的官員、應考的舉子和商人。這一帶漢官、文人的住宅也較多。這些人都離不開書，從而促進了琉璃廠書業的發展。1918年，建成海王村公園之後，

教、解放後在中國京劇院任編劇。

〔註9〕傅惜華（1901～1970）：又名寶泉，滿族。富察氏。戲曲研究家、俗文學研究專家和藏書家。1931年，傅惜華與齊如山等人創辦的北平國劇學會任編輯部主任，代理事長，主編了《國劇畫報》《戲劇叢刊》。1941年後，在北京大學開始講授中國文學、戲曲。建國後，任中國戲劇研究院研究員、圖書館館長等職。

廠甸、土地廟、呂祖祠廟會等民間活動便多集中於此，四方遊客紛至沓來，使琉璃廠遠近聞名，譽享一時。僅琉璃廠東街就有汲古閣、天宮閣、松筠閣、韞玉齋、悅古齋、一得閣、戴月軒、信遠齋、邃雅齋等一系列經營古玩字畫的店鋪，節比鱗次、應運而生。

據筆者所知，德友堂在東琉璃廠的盡頭，原係文昌會館的一部分（現在是宣武區文化館所在地）。其開設於光緒二十二年，係河北任邱縣人王子和創辦，專門經營書肆業務，是琉璃廠中對版本古籍頗有專工的一家名店。彼時，從全國各地私人藏家和宮裏流散出來的各種版本書籍和畫片「紙活」多彙集到這家店裏。也就是在這家店裏，還修練出一位近代著名的版本學大家，他的名字叫王文進。

王文進，字晉卿，別字夢莊居士。他生在河北任丘縣的農村裏，八歲失怙，又值兵亂，農田荒蕪，惟恃其母十指以存活。他十一歲入鄉塾，略識字，但因貧輟學。其堂長兄王子和便招其來店學徒。根據王文進的《自述》可知：他進店學徒「時光緒三十二年九月也。日司炊事，時執賤役，以其餘閒學裝訂，習修補，於目錄蓋黯然也。辛亥以後，始委司交易，乃漸解分別版本」。從此，他在經營書業的同時，「寄跡書林，粗識版本，販鬻所接圈非士林，絕彼口角之餘，成其耳食之學」。珍稀版本、過手千萬，書海苦渡、勤學窮究，加之博文強記，稔熟於心，年及弱冠，已成為一名對版本頗有研究的專家。

近代著名大藏書家董授經〔註10〕先生為其所著《文祿堂訪書記》寫序贊道：

> 任邱王晉卿今之錢聽默陶五柳也。隱居閙廛，三十年不易肆，訪求書籍，窮極區宇，履蹤所逮，北至並，東至魯豫，南至江淮吳越，：故家世族精刊秘籍，經其目睹而手購者無慮數萬種，蜚聲當世。近撮錄其平生經眼珍本，輯為《文祿堂訪書記》……綜其所刊四部書七百五十餘種，去取精慎，考核翔實，一書之官私刊本，雕

〔註10〕董授經：名董康（1867年～1947年），字授經，號誦芬主人，江蘇省常州武進人。中國近代著名大藏書家、法律家、大律師。董康酷愛戲曲研究，在京任刑部主事時，廣為收集當時通行之戲曲劇本，舉其大要，輯成《檀板陽秋》一書。後又購得《樂府考略》《傳奇匯考》殘本，經過艱苦的研究考證，合纂為《曲海總目提要》，凡46卷。敘述了684齣雜劇與傳奇的劇情考證、故事來源和作者簡歷，其中頗多今已失傳的作品，彌足珍貴，被譽為中國所有記載劇本的書籍中內容最為豐富和詳盡的一部。

造區域。及名人鈔校流傳源委，皆記及跋語與收藏圖記。細如行格字數，刊工姓氏靡弗備紀，其用力可謂勤矣。此書雖為販鬻之偶得，而發潛闡幽，讎訂同異，津逮學林，當與莫邵亭《邵亭知見傳本書目》、邵位西《四庫簡明目錄標注》同其功用。

近代藏書家、燕大教授倫明〔註11〕先生（1875～1944）在《辛亥以來藏書紀事詩》中讚揚他：

> 書目誰云出邵亭，書坊老輩自編成。後來屈指勝藍者，孫耀卿與王晉卿。

王文進字晉卿，歷年積存宋元精本殘篇計四百數十頁，摘其最精者輯印了著名的《文祿堂書影》一書，為近代版本學提供了極其寶貴的史料。王文進於1960年7月辭世，享年六十七歲。遺著有《明代刊書總目》二十卷；《宋元以來刊刻年表》四冊，都是版本學中的精華。

筆者在這裡所以提起了王文進先生，因為部分「扮相譜」被太監「順」出宮外並鬻於德友堂時，王文進先生已經出師，其兄因體弱多病，已「委司交易」，當了德友堂的朝奉（經理），開始主持店中業務了。很多從宮內流散出來的古版圖書、圖冊大多經過他檢閱判定，真偽價值，處理收售。「扮相譜」冊頁的收入與售出，即便不是他本人直接進行交易（因店中還有一位老業務），但亦當經過其手。

據琉璃廠有關史料記載：宣統元年（1909），北京古玩商會正式成立，琉璃廠大觀齋總經理趙佩齋為正會長，德興齋經理郭寶卿為副會長。二十年代，精明能幹的王文進也已成為商會理事之一，在古籍書行中成為頗有影響的人物。

由此推之，迄今陳列於美國大都會博物館中的百幅「扮相譜」（其每幅畫面同樣寫有「穿戴臉俱照此樣」的等字，與綴玉軒的收藏一模一樣），應當也是在二十年代從德友堂售出，並輾轉輸往境外的。偌大一筆交易，主司業務的王文進是不可能不親自參與交易的。至於，是如何洽商？鬻與何人？如何入藏於大都會博物館則有待另考了。

其中，被齊如山和梅蘭芳買來的「扮相譜」，先是收藏在齊宅和綴玉軒

〔註11〕倫明（1875～1944）近代藏書家、學者。字哲如，一作哲儒。廣東東莞縣望牛墩人。弱冠入庠，旋補廩生，27歲時中光緒舉人。其後任燕京大學、輔仁大學、民國學院等校教授，編有《續書樓書目》。

中，待「國劇學會」成立後，兩處的收藏並做一處，作為戲劇史料進行研究和展覽之用。據說，這種「扮相譜」的散頁，尚小雲、周貽白、包緝庭、田鴻麟先生等人也有一些收藏。

總之，把這些分散的「扮相譜」若湊在一起對比來看，會發現它們乃是同一系列、同一出處的作品。只是通過不同渠道從清宮流出，散入民間的。

四、《昇平署扮相譜》之稱謂

這些「扮相譜」在梅先生綴玉軒收藏的階段並沒有正式命名，只是說是宮裏傳出來的「戲齣畫頁兒」。而琉璃廠德友堂的業務人員都指著畫上的字說：「您看，這不寫著穿戴臉俱照此樣的字，是昇平署要求演員都照這個樣兒穿戴扮戲的嘛！」所以，「梅黨」成員們也就稱之為「扮相譜」了。

據齊如山先生最初的考證，他認為「這些扮相譜是乾隆年間奉旨而為的。每一齣戲，戲中所有人物都要畫出圖來，包括冠巾、臉譜、髯鬚、衣服等等，都要畫得極為詳細。演戲的時候，就把扮相譜放在後臺令大家照辦。」此說，後為多人提出質疑。認為扮相譜是「乾隆年間奉旨而為」的斷代是錯誤的。因為「扮相譜」中的很多劇目如：「天霸戲」、「八大拿」等戲，均出自《施公案傳》一書，而此書最早的刊本在道光四年（1824）才出現於市井當中。

當然，繪製「扮相譜」是宮中交付造辦處的一大工程，會動用不少畫工，沒有皇帝的旨諭是跟本辦不到的。朱家溍在故宮整理《造辦處檔案》時發現，有一條「傳旨：著沈振麟畫戲齣人物冊頁十八開」的記載。沈振麟是在道光年間入畫院處供職的畫師，歷道光、咸豐、同治、光緒四朝。但是，是哪一位皇帝最初下的聖諭，開始這一工程，還有待仔細考證。筆者推斷，最初降旨繪製」扮相譜」的當是咸豐皇帝的聖諭。因為從故宮《大內檔》記述，咸豐帝平生最喜聽戲。檔內多處記載他親自改寫劇本、指導排戲，乃至行頭服色、鑼鼓砌末，事事親恭的記錄。就在他形將就木的十餘天內，承德避暑山莊依然鑼鼓喧天，足足唱了幾十齣大戲。彼時，愛聽戲的慈禧一直隨侍左右。

所以，「扮相譜」的製作時間，應該是咸豐皇帝主政時期下的聖諭是比較準確的。此外，現存於故宮博物院的一百幀圖畫上，即無「穿戴臉兒俱照此樣」等字樣，函封上也無任何題署，可見這些作品當時並無正式名號。

筆者在檢點舊報的時候，無意間翻出了一張出版於民國 14 年（1925）10

月 25 日的老《晨報》〔註 12〕。在第三版上發現了一篇文字和一張「扮相譜」的插圖，應該是最早向社會介紹「扮相譜」的文章。《晨報》主筆撰寫了《按語》，對「扮相譜」也沒有冠以「昇平署」的稱謂，只是將戲中角色的「扮相」統統稱為「臉譜」，並以《臉譜說明》為題寫道：

民國 14 年 10 月 25 日晨報社發行的《晨報》上首次向社會介紹「扮相譜」。同時刊發了姚茫父的一篇題跋。

「臉譜為研究舊劇之美術品，日人辻武雄（筆者按：即辻聽花）〔註 13〕著《中國京劇史》，於書中設臉譜一門，敘述甚詳。而日本之舊劇，亦有臉譜之化妝。顧吾國臉譜起於何時，至今尚未得確據。唯知古代戲劇用假面具，其後由面具脫離出來。而施粉墨於臉上。而後復描繪於之紙，以便學者採用，是即所謂臉譜。梅君收集歷代臉譜極多。最古有明代者。其臉尚繫假面具。至前清內府所用者為最精。本社特向梅君借得數冊，製版插入本報。首先在清末昇平署（即內府梨園）沿用之一種。凡二十四幅，鄧禹其一也。是譜卷首有羅掞東〔註 14〕（筆者按：羅掞東即清末民初名士羅敦曧，時稱四公子之一）

〔註 12〕晨報：《晨報》初名為《晨鐘報》，1916 年 8 月 15 日創刊。李大釗曾任第一任總編，不久辭去。1918 年 9 月，改名為《晨報》後重新出版。由於《晨報》先後依附多位軍閥，1928 年 6 月，國民黨軍隊進入北京後一度停刊。

〔註 13〕辻聽花（1868～1931），本名辻武雄，號劍堂，他寫詩時多署「劍堂」，而評戲時則署「聽花」。任《順天時報》副刊編輯。1927 年舉辦了「徵集五大名伶新劇奪魁投票」活動，選出京劇「四大名旦」。

〔註 14〕羅掞東：名羅敦曧，號癭公，廣東省順德縣大良鎮人。是清末民初名士。北京國民政府總統府秘書、國務院參議、禮制館編纂等職。工書法，於楷、行、草最為擅長；詩宗宋，亦工於聯，與梁鼎芬、曾習經、黃節合稱「近代嶺南四大家」。

題名，姚茫父〔註15〕題跋。姚君題跋，論述臉譜詳矣。特亦製版附跋於此。」

同時，該報還刊發了姚茫父的一篇《題跋》。筆者附錄如下：

> 臉譜者，蓋龍者所變化，伶工所家訓也。其源出於上古武備，禮俗之道。若夫著閣相法之談，奇山經水志之詭異，三教搜神之猙獰，四夷曧弄，足調莫一是。網羅畢集於粉墨，更增魚符狑刻，雕文采飾，花樣織交，茂美塗澤，納爛於面，多幻莫得悉名者。諶所收不過蠡勺集，足以至大觀也。茌苒歲月，不沒耆草，乃若畹華以此求題盡敘，大凡書中歸之，所著有成，推輪於斯夫，如之記者。

1931 年，梅先生與余叔言一起倡導的北京「國劇學會」成立。張伯駒〔註16〕在最後的一篇遺稿中談到《國劇學會成立之緣起》。他說：

> 北伐戰爭以後，國民黨成立南京國民黨政府，八國退回庚子賠款，國民黨政府指定此款用於文化事業。李石曾乃用庚款退款創辦文化事業。當時李有「文化膏藥」之稱。其所經辦文化事業之卓著者，為一九三〇年創辦中華戲曲音樂院。乃挽余約梅蘭芳、余叔岩合作，發起組織北平國劇學會，募得各方捐款五萬元作基金，於一九三一年十一月在虎坊橋會址（現為晉陽飯莊）成立。選出李石曾、馮耿光、周作民、王紹賢、梅蘭芳、余叔岩、齊如山、張伯駒、陳亦侯、王孟鍾、陳鶴蓀、白壽之、吳震修、吳延清、段子均、陳半丁、傅芸子為理事，王紹賢任主任。理事陳亦侯、陳鶴蓀任總務組主任，梅蘭芳、余叔岩任教導組主任，齊如山、傅芸子任編輯組主任，張伯駒、王孟鍾任審查組主任。教導組設傳習所，訓練學員，徐蘭沅任主任。

開幕典禮之日晚間演劇招待來賓，大軸合演反串《八臘廟》。梅蘭芳飾褚彪（注：梅蘭芳演戲帶髯口只此一次），張伯駒飾黃天霸，朱桂芳飾費德功，徐蘭沅飾關太，錢寶森飾張桂蘭，姚玉芙飾院子，王蕙芳飾費興，程繼先飾朱光祖，白壽飾金大力，姜妙香飾王棟，陳鶴蓀飾王梁，朱作舟飾小姐，其餘

〔註15〕姚茫父：光緒進士，後來留學日本，民國後曾出任北平女師、美專校長，其多才多藝，一生作品甚豐，有《弗堂類稿》31 卷行世。

〔註16〕張伯駒（189～1982 年 2 月 26 日），原名張家騏，號叢碧，河南項城人。愛國民主人士，收藏鑒賞家、書畫家、京劇藝術研究家。曾任故宮博物院專門委員、國家文物局鑒定委員會委員，曾將多件珍貴文物捐獻給國家。主要著作有《叢碧詞》和《氍毹紀夢詩注》《亂彈音韻輯要》等。

角色亦皆係反串。

傳習所教師皆為前輩任之，蘭芳、叔岩並親自指導。編輯組出版《劇學月刊》、《國劇畫報》、《戲曲大辭典》，成績頗為可觀。

國劇學會成立之日演劇酬賓，大軸合演反串《八蠟廟》。梅蘭芳（右一）飾褚彪（注：梅蘭芳演戲帶髯口只此一次。這也一是幀難得的老劇照特刊於此）。

當時，這些「扮相譜」就當作戲劇史料，與其他昇平署的一些文檔資料一起陳列在學會展覽室的櫥窗裏。每星期對外開放三天，供內、外行和戲劇研究者，愛好者們參觀欣賞。次年，傅惜華、莊清逸〔註17〕（溥緒）和齊如山在編輯出版國劇協會會刊《國劇畫報》時，就給這批畫作定名為《昇平署扮相譜》了。民國二十一年十月五日創刊號上刊有溥緒、筆名芸子撰寫的《昇平署扮相譜題記》一文，其中、寫道：

> 浣華曾搜集數十幀保存之。此外尚有多幀流於域外，散見其他
> 收藏家者。就中以綴玉軒所藏為最完整精美。其一部分曾刊於《星
> 畫》、《南金》。尚有多幀未曾發表。嗣迭經整理，發現中有全齣角色
> 之臉譜尤為可貴，茲值本報創刊，特出所藏，逐期刊登，並附以說

─────────────

〔註17〕莊請逸：名溥緒（1882～1933），皇族出身，為清廷貝子，後承襲父職，封為莊親王。溥緒字菊隱，號清逸居士。溥緒性好皮簧，家中請有教習，專工武生。辛亥革命後，閉門家居，以票戲為樂，是名揚一時的「名票」。他的能戲有《長板坡》、《蜈蚣嶺》等。

明，以供研究。圖為絹本，著色鮮明，繪畫工細絕倫，此譜在研究
劇藝上，極關重要，足以考見內廷與民間今昔扮相之異同也。

　　同時，刊登了《玉堂春》一劇的王金龍扮相一幀。此後，「扮相譜」陸續
刊登，每期一幀。一連刊登了三、四十幀。後來，隨著《國劇畫報》於民國二
十二年八月十日停刊為止。

以上兩圖分別首刊於《國劇畫報》第一、二期的《昇平署扮相譜》中《玉堂春》一劇
中的王金龍（右）和玉堂春（蘇三）畫像。

五、《昇平署扮相譜》的首次公開展覽

　　「國劇學會」的會址設在北京虎坊橋大街的一個大宅門內，也就是而今
西珠市口西人街 241 號。說起，這個老宅還頗有個來頭。原為岳飛二十一代
孫、雍正時期的權臣、兵部尚書岳鍾琪的住宅。後來成了《四庫全書》總編輯
紀曉嵐的住所。紀曉嵐的《閱微草堂筆記》就是在這裡完成的。紀曉嵐於 1805
年去世後，其子孫便將此宅「半割半賃」地讓與了嘉慶年進士黃安濤（浙江
嘉善人，字凝輿、霽青）。此後，又幾易主人。民國三年（1904）為山東富商
牛子厚租賃，由葉春善主持辦起了培養京劇人材的富連成。三十年代，此宅
由當紅的名旦筱翠花（於連泉）出資購得。「國劇學會」成立時，租用了這個
大宅子。內設辦公室、會議室、圖書館和展覽廳。後院還修了一個能演戲的
大舞臺。《昇平署扮相譜》首次對外公開展覽，就是在這裡陳列的。如今走在

珠市口西大街的馬路上，就能看到路北門前有一架紫籐的門庭，那就是當年展覽《昇平署扮相譜》的展廳。後來，「國劇學會」遷址到西城絨線胡同之後的數十年間，《昇平署扮相譜》就再也沒有露面了。

三十年代「國劇協會」的展覽室外景，刊於《國劇畫報》。

解放之後，此宅充公。到了「大躍進」時期的 1958 年，晉陽飯莊在此開業。筆者少時常到這家飯店吃它的「小碗紅燒肉澆刀削麵」，既經濟又實惠，一頓兩碗大快朵頤。我還清楚地記得，文化大革命「破四舊」的時候，虎坊橋改為「打虎橋」，珠市口西大街改為「紅衛兵路」。晉陽飯莊的大師傅們被「造反隊」揪了出來，齊刷刷跪在紫藤架下批鬥。飯店大門上貼著大字報寫道：「絕不許再為資產階老爺服務！今後只許賣窩頭、鹹菜、棒子麵粥。」至今思之，猶自令人哭笑不得。寫到這兒真是走題了，據說 2003 年，晉陽飯莊搬了出去，經過修葺，現改為《紀曉嵐紀念館》了。

當年，國劇協會在展覽和對外刊登部分《昇平署扮相譜》冊頁時，曾一度引起轟動。國內的學人如李石曾、胡適、袁守和、于學忠、徐永昌、梁思成、焦菊隱等名流大家，都積極參與其事，承擔義務講座，發表了許多戲劇論文，影響深遠，從者如雲。京劇表演藝術家馬連良、王泊生、尚小雲、程硯秋、荀慧生，以及廣大戲劇愛好者們，對此皆十分重視，就連日本早期研

究中國戲劇的學者青木正兒〔註 18〕、撰寫《京劇二百年之歷史》的波多野乾一〔註 19〕，濱一衛〔註 20〕（1909～1984）等人在遊歷北京時，也都特地到此參觀學習。

　　展覽中，有一位深知古董行內情的參觀者曾向協會反映，這些「扮相譜」的命名並不準確。他說：「我是喜好研究古董的，這些畫兒本身都是真的，一看便知是宮中如意館畫師們的手筆，從裱工用料方面來看，也都是咸同年間的東西。可畫面上寫的「穿戴臉而俱照此樣」的字，則是古董行裏慣用的「偷手」。您仔細地看看，這些畫上的毛筆字，並不是規規矩矩的「館閣體」〔註 21〕。在宮中御呈的對象中，是絕對不可能出現的。所以，畫上的題款一定是商家為了謀利而仿寫補題的。」

三十年代「國劇協會」召開戲劇研究會的情況。國劇協會法人鐸爾孟先生致辭。刊於1932 年《國劇畫報》第 19 期。

〔註18〕 青木正兒（1887～1964）是日本著名漢學家，文學博士，國立山口大學教授，日本中國學會會員，中國文學戲劇研究家。
〔註19〕 波多野乾一，原名榛原茂樹，1912 年上海東亞同文書院政治系畢業，即入大阪朝日新聞社當記者，係著名漢學家。著有《京劇兩百年歷史》和《延安水滸傳》。
〔註20〕 濱一衛（1909～1984），是日本早期研究中國戲劇的學者.1934 年至 1936 年，他曾留學北平，從事中國戲劇研究.其文章充滿對演員和表演的熱愛。
〔註21〕 館閣體，又稱臺閣體。明代開科選士時，皆用楷書答試卷，務求工整。字寫得欠佳者，即使滿腹經綸，也會名落孫山。這對當時書法藝術風貌產生過較大影響。要求讀書人寫字，惟求端正拘恭，橫平豎直，整整齊齊，寫得像木版印刷體一樣，這就形成了明代的臺閣書體。

「國劇協會」在召開戲劇研究會，梅蘭芳先生（左）與王搏沙先生（右）講解戲劇革命。1932 年《國劇畫報》第 21 期。

　　仔細研究這些繪畫，此說頗有理。這些精細的戲劇人物畫的扮相，不僅臉譜穿戴錙銖無誤；就是人物所穿的褶、帔、氅、靠上的遊龍團鳳、八寶插底，折枝花卉，祥雲立水等裝飾圖案，也畫得極其嚴謹寫實，著墨之處，如織如繡，巧奪天工。推理言之，這些圖畫不可能是一般演員用來比照化妝用的圖樣，更不是一般演員和昇平署下層官員能夠接觸到的東西。它只能是供皇帝、帝后們在觀劇之餘，閒暇養眼的御覽之物。在當年攝影術尚未發明普及之時，它就如同是一部珍貴的劇照一樣。

　　朱家溍先生在《漫談京劇服飾》文中也說：「角色扮相，確實是地道的寫實畫，因為每個角色全身上下以及細部都非常明確真實不是畫家所能設想的，從故宮藏品中的一部分戲衣還可以對照出畫冊中所畫人物的穿戴實物。」朱先生說：

　　　　我估計「穿戴臉兒俱照此樣」一行字是畫冊流散出去，到古玩商手裏加上的一行字，目的是要加強這部畫冊的文獻價值，要想說它不是僅僅供欣賞的畫，可是實際這個畫冊當時目的就是供欣賞的，雖然是供欣賞的而如意館畫士們向來對於奉命寫實的畫都是認真寫實與原物一般無二，所以確實是文獻價值很高的，但它絕不是昇平署管箱人的手冊。管箱人和演員都沒有必要用工筆設色繪畫冊來對照著扮戲，即便遇見一齣戲不知如何扮，也有兩個辦法，一是

向老先生請教，一是管箱人確實曾經有過用文字記載手冊的習慣，因為管箱人或演員都具備看見開列的服飾名稱就可以知道如何扮了。齊如山先生在《國劇畫報》上發表這些畫像時，稱它們為《昇平署扮相譜》。看來，他是上當了。

　　朱先生還說：「現在故宮博物院仍保存著兩冊共一百幅是未曾流散出去仍保留在宮中的一部分，和上述三處所藏是一整套戲曲人物畫冊。不同的是故宮的一百幅沒有「穿戴臉兒俱照此樣」一行小字，可以這樣分析：就是說流散出來的這部分曾落在一個買主手裏，他加上這一行小字然後賣出，因為既無作者名字，又無年月，也就是和畫絹燈的匠人畫差不多，賣不上高價，所以加上這行字，使它增加了史料價值，含有檔案性質。」

　　　　　　　　　　——見朱家溍：《梅蘭芳藏戲曲史料圖畫集》

六、《昇平署扮相譜》的冊頁有多少

　　那麼到目前為止，所謂《昇平署扮相譜》冊頁應該有多少呢？筆者難能給予確切的答案。

　　據我所知，在文化大革命之前，並無任何一個刊物和有關戲劇研究文章提及「扮相譜」一事。文革以後，百廢待興，挖掘國故得以重視。最早談及《昇平署扮相譜》的，是 1994 金耀章編輯河北教育出版社《中國京劇史圖錄》一書。書中《序言》部分粗淺地介紹了《昇平署扮相譜》，並刊登了兩幀單色的「扮相譜」圖畫，一幀《豔陽樓》之「高登」，一幀《白水灘》之「徐小姐」。

　　我最早接觸到這些畫作，是在梅蘭芳紀念館籌辦之際的 1987 年。在那裡看到了《連環套》之「賀天龍」、「賀天彪」，《戰樊城》之「伍子胥」等，大概有十幾齣戲，共有 40 餘個人物，其中有七、八張畫作已發生黴變。

　　1997 年，筆者曾在至親中國戲曲學院老教師沈毓琛〔註22〕先生的陪同下，一起到西城區舊簾子胡同梅家老宅，訪問了梅蘭芳的女兒梅葆玥〔註23〕老師。

〔註22〕沈毓琛（1924～2020），女，評劇表演藝術家田淞先生之妻。二人經田漢推薦於 1951 年加入中國戲曲學院，沈毓琛任文化課資深教師，直至退休。

〔註23〕梅葆玥（1930～2000），是梅蘭先生的女兒。十三歲學唱老生。1948 年，葆玥考上了上海震旦女子文理學院教育系，畢業後，分配到中國戲曲學校（即現在的中國戲曲學院）任國文教員。在這期間，她又拜王少樓為師。1954 年，葆玥被調往中國京劇院，開始了達 45 年的演員生活。

當談及「扮相譜」一事時，葆玥老師笑著說：「家父的收藏很多，尤其字畫多
得不得了。無論在北京還是在上海居住的時候，這些東西都集中收藏在書房
的隔間裏，孩子們根本不讓進去的。您說的什麼「扮相譜」之類的東西，我好
像也沒有認真地見過。解放後，成立了戲研所（後改名戲劇研究院），我父親
是名譽院長，不拿工資，主持實際工作的是馬彥祥〔註24〕等人。我父親就把
這些身外之物都交付給戲研所，供大家研究之用。那時，我同沈毓琛老師都
是中國戲校教研室的文化課教員。記得有一陣子下班回家，還見到戲研所的
人在進行移交清點工作。大概忙了十多天，真有點兒大搬家一樣的陣式。您
說的「扮相譜」之類的東西大概都在其內。」可見，「扮相譜」在戲研所裏也
沒得到認真妥善地保管。尤其文化大革命階段，戲研所已徒有虛名，研究員
都下放到「五七幹校」勞動改造去了，「扮相譜」之類的東西能夠在庫房里保
存下來，熬過浩劫，已是不幸之大幸的事了。

筆者（右）在中國戲曲學院老教師沈毓琛先生（左）的陪同下，一起到西城舊簾子梅
家老宅，訪問梅蘭芳的女兒梅葆玥（中）老師。

〔註24〕馬彥祥（1907～1988），戲劇活動家、理論家。浙江鄞縣人。1928年畢業於上
　　　　海復旦大學。1934年後，曾在齊魯大學、南京國立戲劇學校任教，並與田漢
　　　　等籌組中國舞臺協會；解放後，任戲劇改進局副局長、藝術局副局長，致力
　　　　於戲曲改革工作。

　　1997 年，北京圖書館率先編輯出版了一冊《北京圖書館藏昇平署戲曲人物畫冊》內有「扮相譜」冊頁一百幅，開創了出版和研究「扮相譜」的先河。朱家溍先生曾撰文說：

　　　　北圖藏共 9 齣戲 97 幅畫，每齣戲首幅右端題有劇名，其下有「穿戴臉兒俱照此樣」，唯《普天樂》無此二者，甚可怪。似乎他處所藏同一批戲畫有恰足 100 幅的，故《普天樂》或有散佚，其第一幅即在佚者之列。但僅是猜測，應核實其他畫冊的頁數，並考察裝幀。

　　2003 年，梅蘭芳博物館不甘其後，與河北教育出版社合作編輯出版了《梅蘭芳藏戲曲史料圖畫集》，這套書花了大本錢，印製得十分精美。在參加世界圖書大展期間，獲得全球印刷界最高榮譽獎 Benny Award 美國印製大獎，並榮獲德國萊比錫「2004 世界最佳圖書設計評獎」金獎。萊比錫圖書藝術基金會主席烏塔·施耐特女士，對這本書給予了「完美」二字的最高評價。書中印有「扮相譜」冊頁 44 幅。

　　同年，黃克主編，花山文藝出版社出版了一部《清宮戲齣人物畫》，內有扮相譜冊業 215 幅。不久，戲劇研究院與故宮博物院也把各自的藏品彙集一起，由王文章先生主持，編了一部《昇平署戲劇人物扮相譜》，選用兩個單位的收藏的「扮相譜」計 180 幅，由學苑出版社精印出版。由此，掀起了炎熱一時「扮相譜」熱潮。原戲劇出版社社長劉厚生先生在《暮鼓集》一書中談道：

　　　　有一部我必須提到的，是新近全部影印的《清昇平署戲曲人物扮相譜》，這絕對是一部冷書，現在的實用價值也不高，然而又絕對是珍貴的「內府秘籍」，如果碰上有緣的研究家，必會視為珍寶，也絕對只有戲劇出版社有氣魄影印出版。

　　劉先生所言甚是，書印得好，但它必竟屬於「冷門書」，市場有限，銷售起來就比較困難。例如，前邊所題《梅蘭芳藏戲曲史料圖畫集》，在國外榮獲大獎的當年，由於售價高，據說當年在上海書城裏只售出了一部。

　　據筆者統計，目前在市面上存在的《昇平署戲畫譜》，一是學苑出版社的 42 齣戲，圖畫 180 幅，二是北京圖書館的 9 齣戲，圖畫 97 幅，三是河北教育出版社的梅蘭芳藏戲曲史料，有 8 齣戲，44 幀圖畫。還有花山文藝出版社出版了一部《清宮戲齣人物畫》，內有扮相譜冊業 215 幅。去除彼此重複的圖畫之外，一共 54 齣戲，297 幀戲劇人物。

　　筆者的朋友百花文藝出版社的資深編輯高為先生，他知道我對「扮相譜」多少有些接觸，就打電話給我說：「眼下好幾個出版社都加大投資，爭著出版「扮相譜」，因為資料分散，各收藏單位又互不通融，編出來的書各自為戰，不得全貌，不能反映這套冊頁的全部內容和風采。其實，這些「扮相譜」都是百年前的舊物，並沒有版權之慮。我知道你對這一課題有興趣，不妨編一部能反映全貌的普及本，適應市場的需要，我想會得到更多讀者的歡迎。」

　　他的建議給了筆者很大的動力。筆者研究戲劇多年，對這套東西也十分感興趣，平時也很留意對這套畫作的蒐集。旅加之後，借研究方便，在加拿大亞洲圖書館副館長劉利女士的幫助下，我們左拾右揀，共收集到各家出品和筆者從多種新、舊刊物上搜集到的「扮相譜」，總計有330幅，其中有戲劇人物331個。這些，在當時算是最全最多的了。筆者經過整理，並附以簡單的文字說明，編撰成書，交付高為先生，由天津百花文藝出版社在2009年出版了一冊普及本，名為《清宮戲畫》。此書以圖像眾多，價格低廉，面市後很受歡迎。以至再版了一次。迄今在老夫子售書網上還偶有售賣。

　　大家要問，所謂的《清昇平署扮相譜》到底有多少冊頁，畫了多少戲劇人物呢？齊如山先生曾在一篇文章中談過，他在離開大陸之前，「曾見過的扮相譜冊頁大約有400餘幅。」從文獻中可知，除綴玉軒收藏之外，傅惜華、莊清逸（溥緒）、尚小雲、周貽白、田淞〔註25〕諸名家也均有收藏。但唯數不多，多是零星散頁。筆者至親田淞先生說，文革前他家的客廳裏掛著兩幀。是裝在鏡框裏掛在壁上當做飾物的，一張是「黃天霸」、一張是紮靠的「趙雲」。他說：「家父田鴻麟〔註26〕任天津鹽業銀行總緝核（總經理）時，從琉璃廠購得了幾張。因為他票戲時喜愛這兩個角色，就把這兩張留下，一直掛在客廳。他是當年國劇協會的贊助人之一，也是協會的會員，餘下的「扮相譜」就都捐給了協會了。」後來，文化大革命紅衛兵大抄家時，田家被掃地

〔註25〕田淞（1920～2014）北京人，祖籍山西。其父田鴻麟係中國實業銀行天津分行經理。田淞自幼受著良好的中西文化教育，1941年，畢業於燕京大學經濟學系，後到開灤礦務局會計部任職。他自少年時代就喜愛戲曲，1950年，經田漢先生推薦，與愛人沈毓琛一起到中國戲曲學校工作。田淞擔任藝術委員會秘書長，兼任校長王瑤卿先生的秘書。1956年調入中國評劇院，與評劇名家筱白玉霜、喜彩蓮、王琪等合作演出許多劇目。

〔註26〕田鴻麟（1893～1956），字澤生。原籍山西。係田淞之父。田鴻麟自大清銀行學堂畢業，就職中國銀行會計部主任，後為中國實業銀行天津分行經理。京劇名票，國劇學會會員。

出門，這兩幀「扮相譜」也就不知所終了。至於，傅惜華、溥緒、尚小雲的收藏，大祇也是同等命運，或是化為黃鶴，或是進了康生的書房。

據說，周貽白先生生前亦有收藏，偶見於著述之中，但並未署名發表過。九十年代，筆者曾打電話至周貽白先生家中欲探問這方面的事情，但接電話的人稱，周先生方剛故去，遺物尚在整理分配之中，因之未得結果。

也有人推理說，齊如山先生在離開大陸赴臺時，帶去了昇平署的文檔很多，其中，也應該有他私人珍藏的「扮相譜」。但因兩岸多年隔絕，也未見到「扮相譜」在臺發表的任何信息，實為遺憾。

2016 年，中國藝術研究院與中國戲劇出版社合作，又出版一套三卷本精裝影印的《清昇平署戲曲人物扮相譜》，定價為 1360 元。筆者購來一看，大失所望。竊以為該書的編輯對戲劇並不太熟悉，或是過於草率馬虎，竟然把隋唐尉遲敬德的黑白二夫人編入婦孺盡知的《四郎探母》之中，成了場家將中的親屬。不知什麼原故，還把一名妓女編輯到家喻戶曉的《清官冊》中。此外、分明是《碰碑》中的扛刀老卒和持弓老卒，竟然編排到《沙陀國》裏去當兵。而將《普天樂》中的兩位「掌刑」官安排在《竇娥冤》（既《六月雪》）劇中。需知，清廷演劇大多圖個歡愉吉祥，取悅帝后，一向忌諱冤屈淒苦的劇目在宮中上演。更有趣的是，作者還把戲名《霸王莊》，當成了人名編在《惡虎村》的《目錄》裏邊。這些張冠李戴的編排，豈不成了「關公戰秦瓊」了嘛。為了迴避褒楊貶趙之嫌，筆者對這部書便不做任何評論了。

筆者在國內對《昇平署扮相譜》的所和所見，也就是以上所說的這麼多了。

七、《昇平署扮相譜》在美國

2015 年春天，筆者全家到拉丁美洲去旅遊。從溫哥華起飛，先到美國紐約，稍事停留休整，而後再中轉改乘遊輪，才能去加勒比海諸國。我們住在時代廣場的賓館裏。第二天一早，大家計劃到第五大道和中央公園一帶去玩玩。因為大都會藝術博物館就在附近，女兒就建議大家，先到博物館去參觀。說來真巧，當時博物館正在舉辦《中國專輯的藝術展》（The Art of the Chinese Album）。這一偶遇，真是令人興奮莫名。更使筆者心花怒放的是，這期內容豐富的展覽中，竟然還包括一個《100 幅京劇人物肖像》的特展（#mustache #movember #AsianArt100）。這個特展不就是流落在海外的《昇平署扮相譜》嗎？！

歡欣雀躍，使我忘記了自己的年紀，竟像孩子一樣，連跑帶顛地直奔中國

展廳而去。這個特展展廳正中的一大面牆上，整整齊齊滿滿地掛著一百幅京劇人物的畫像，這是何等燦爛輝煌的場面！宛如國家劇院的舞臺大幕開啟了，耳邊頓然響起了鑼鼓的鏗鏘和「西皮」〔註27〕、「二簧」〔註28〕的繞樑之聲，一齣一齣文、武大戲豁然開場！頓時，牆上的生、旦、淨、丑都活動起來，他們或翩翩起舞，或咿呀作場，使人如夢如幻，墜入五里雲霧，盡享視聽之妙。筆者如癡如醉，佇足凝視，久久不能釋懷。這真是：「不到園林，怎知春色如許！」

美國紐約大都會藝術博物館外景。

「100幅京劇人物肖像」（#mustache #movember #AsianArt100）的特展的內景。

〔註27〕西皮：戲曲腔調之一。唱腔明快高亢，剛勁挺拔，適於表達歡樂、激越、奔放的感情。明清之際，秦腔由西東傳，結合湖北民間曲調演變而成西皮。湖北方言稱唱為皮，西皮即由西傳東的唱腔。

〔註28〕二簧：簧是樂器中發聲的薄片，古時便有「管簧」之稱，泛指樂器或音樂。按現代漢語解釋，二簧也作二黃，本是京劇聲腔之一，用胡琴伴奏。「二黃」聲腔一般較為沉著穩重、凝練嚴肅。倘若「南腔北調」、「亂七八糟」地亂唱亂彈，便是「二簧八調」了。

筆者按圖索驥，一一數來，這齣是《百草山》、這齣是《普天樂》、這齣是.《八臘廟》、這齣是《胭脂虎》，而下《陽平關》、《霸王莊》、《賈家樓》、《三俠五義》、《惡虎村》，一共九齣大戲，一百個呼之欲出的戲中角色。正好兩函畫冊。展覽的一側有《說明》牌寫道：

作品名：百幅京劇人物畫像

藝術家：身份不明的藝術家

時期：清朝（1644～1911）

日期：19世紀末20世紀初

文化：中國

分類：手工繪畫

說明：在19世紀後期的戲劇熱潮中，專輯被轉向了一個新的
目的：在其五彩繽紛的輝煌中，記錄舞臺文化的多樣性
和活力。這部專輯詳細記錄了中國京劇的九部劇中，一
百個角色的化妝和服裝。在每個冊頁的右上角，還都寫
有字體稍大的劇名和每個角色的名子。

質地：絹本、多彩和金色。

尺寸：畫芯（每個）：10 3／8×8 1／4英寸（26.4×21釐米）
整體（每片冊頁）：12 7／8×9 3／8英寸（32.7×23.8釐
米）
整體（每對冊頁）：12 7／8×18 3／4英寸（32.7×47.6釐
米）

這些畫作與我在北京梅蘭芳紀念館和北京圖書館收藏的《昇平署扮相譜》冊頁，可謂同庚同款、同根同源，都是一套之內的作品、共同一個出處。說明牌上，還特意注明入藏時間係1930年，即民國十九年。入藏編號為30.76.299a－xx，現為美國羅傑斯基金會所有。這與綴玉軒收藏《昇平署扮相譜》的時間相差無幾。顯然，大都會藝術博物館展出的這批《京劇人物畫像》，也是當時通過中間人，從北京琉璃廠德友堂購買出來，然後輾轉出境，歸入羅傑斯基金會的收藏之中。

返回加拿大以後，在UBC亞洲圖書館副館長劉利女士的幫助下，我獲得了這一百幀「扮相譜」的影印圖像。此外，我的朋友畫家尚爾立、馬庭蘇夫

婦，在他們收藏的老《國劇畫報》中，又查得一些曾經發表過的單色的「扮相譜」人物。如此，筆者在諸多朋友的幫助下，拾遺補缺地百般搜求，又增添了不少「扮相譜」的圖像。如果把這些新得到的圖像與原先筆者所編的《清宮戲畫》圖像合併在一起的話，一共有「扮相譜」445幅，戲劇人物446個，（其中有單色1幅，畫質不佳的5幅），應該是目前蒐集最全的了。

我們從圖目中分析，現存「扮相譜」八十餘齣戲中，每齣戲繪出的角色多少很不相同。例如《三俠五義》，畫有角色二十餘人，除主要人物之外，連丫環、院子也都畫了出來。而一些大戲，如《觀星》、《鬧江州》等，卻只畫出一兩個角色。有的戲，如《雙賣藝》、《打金枝》，則連主要角色都沒畫出來。這些都是很不正常的。顯然，不是當年畫院處沒有畫，而是「扮相譜」流出宮外後，許多畫幅都散佚丟失了。

另外，當初昇平署與畫院處在設計和呈遞「扮相譜」時，必然是求整棄零的。以五十幅為一函（這在美國大都會藝術博物館的特展中得以證實），裱成冊頁上呈，絕不會出現單頁零張上呈的。在現存四百多幅的基礎上，筆者推斷，這套作品當初最少應為十二函、六百幅冊頁的吉祥數字是比較準確的。奈何散入市井後，當有一百來幅冊頁是丟失無存的了。

筆者以為這批「扮相譜」假若更名的話，應稱之為《清代宮廷戲劇人物繡像》較為準確。

八、《昇平署扮相譜》的繪製者

那麼，《昇平署扮相譜》的繪製者是何許人哪？

從這一整套畫冊所畫的80多出劇目來看，大多屬於「亂彈」劇種，也就是初創時期的京劇。最早，宮中承應戲都是以崑腔、弋腔為主。到了同治末年至光緒初年京劇成型，「亂彈」戲增多，三慶、四喜、春臺等戲班時常被宣進宮內承應。由此推斷，宮中勅令畫這一套畫冊的時期，實在咸豐中年上下。朱家溍在故宮整理《造辦處檔案》時發現，有一條「傳旨：著沈振麟畫戲齣人物冊頁十八開」的記載。

沈振麟〔註29〕何許人哪？沈振麟，字鳳池，係江蘇蘇州人氏，他的繪畫

〔註29〕沈振麟（西元十九世紀），字鳳池，吳縣人。一說其於咸同年間（1851～1874）供奉內廷畫院。擅長人物寫照，又兼工花鳥寫生、山水等，畫名甚高，相傳慈禧太后曾頒賜親筆手書「傳神妙手」匾額。

才能在青年時期已頗享盛名。道光中期經地方薦選入宮，在造辦處所轄的畫院處應差。他工於寫照和寫生，同時，山水人物也各臻其妙。到了同光時期，他的畫技深受慈禧太后的欣賞，被擢拔為畫院處首席供奉之一。他的作品在內廷做為裝飾懸掛，多由狀元陸潤庠〔註30〕題款。慈禧太后也曾多次讚賞他，賜他御筆「傳神妙手」匾額，至為榮耀。

　　沈振麟的作品流入坊間的也很多。筆者曾在保利拍賣會上，看過他曾奉旨繪製的《玉瀾堂十五老臣像》，一共十六幀冊頁，畫的都是致仕老臣，如都統穆克登布、大學士伯麟、都統阿那保、郡王銜都統哈迪爾等一共十四人。後邊有題跋寫道：

　　　　今上御極之初宴十五老臣於玉瀾堂，年在七十以上，無論中外，
　　及致仕在京者皆與焉。內廷如意館供奉奉敕圖形爾時慶邸，令畫工
　　沈振麟橅得副本，人繫一籤，具官爵等語。

　　從畫法上來看，沈振麟的肖像畫特別注重寫實，特別強調人的面部，骨骼的凹凸、肌肉的張弛、皮膚的紋路和衣著服飾等細微之處的寫真，均力求無誤。其風格與《昇平署扮相譜》的畫法十分相似。這當然不是說全套《昇平署扮相譜》都是沈振麟一人所畫，因為，在畫院處供職的不僅有供奉，有畫手，還有許多畫工和學徒。沈振麟奉旨繪畫「戲齣人物冊頁」，也就是由他牽頭，負責這項工程罷了。可以想像，必先由沈振麟畫出幾幀標準的戲齣樣張，然後，向他的弟子或畫技與已相近的同事們，提出具體要求和責任，大家分頭繪製。繪畢，再呈交沈振麟審定通過與否。不理想的作品得不到確認，則退回重畫。可以說，當時在畫院處供職的畫家和畫匠，大多都畫過「戲齣人物冊頁」。朱家溍先生曾考證說：

　　　　這一整套畫冊所畫的穿戴與故宮所藏的戲衣、盔頭等物都是符
　　合的，戲衣的做工錦上添花，精益求精，不同於民間戲班的水平，
　　說明作者是看著實物畫的，因為作者憑空畫不出來。以此類推，畫
　　冊中所畫花臉角色的臉譜也必是昇平署當差的教習們提供的樣子，
　　不然的話作者也是無法憑空畫的。應該說這一套畫冊是作者與昇平

─────────────────

〔註30〕陸潤庠（1841～1915）字鳳石，號雲灑、固叟，江蘇蘇州人。同治十三年（1874）狀元，歷任國子監祭酒、山東學政、國子監祭酒。庚子後任工部尚書、吏部尚書。

署的教習和管理戲箱人員合作而成。

——見朱家溍：《梅蘭芳藏戲曲史料圖畫集》

九、從《昇平署扮相譜》中看到什麼

「以圖證史」是當今歷史研究的方法之一。有的學者說「千言萬語不及一張圖、萬語千言不及一張畫。」筆者在這方面獲益匪淺，深知圖片在不同的歷史時期，所負載著不同的文化內涵，以鮮明的時代性，生動活潑地表述著豐富的學術信息。在筆者的所有著述中，都嘗到這種治學方式的甜頭。同樣，當我們認真研讀《昇平署扮相譜》時，也會從中品味到無窮的樂趣。

（一）管理戲劇的昇平署

《昇平署扮相譜》所輯戲劇人物畫，雖說是慈禧寢宮中的玩物，但當年組織監製這些作品的職能部門，必是由昇平署承旨，與宮中畫院處既如意館合作繪製無疑。繪畫者是如意館中擅繪工筆寫生人物的畫師，而負責監督審核作品，向皇太后進呈圖畫的，則必是昇平署執事總管一級的人物。這批工筆重彩人物畫畫得是那樣的精妙細緻，篇幅之巨，工程之大，裝裱之美，可想而知，當年投入了多麼大的人力物力，才能得以完成。

昇平署是專門負責宮內慶典演戲活動的職能部門，同時肩負著培養和管理太監伶人、樂隊、提調劇目、編戲、排戲，以及處理近於「七行七科」的一應事物。昇平署本身也是全國具有最高權威的戲劇管理部門，他的前身是南府，地點設在紫禁城西華門外南池子以南的織女橋邊。

據《清宮檔案》記載：康熙以前，清宮演戲尚沿襲明制，宣召民間教坊女樂進宮獻藝，應承宮中的慶典活動和皇族的娛樂。康熙在平定「三藩之亂」以後，心思愉快，宴樂頻繁，一改舊日的做法，在宮中搞起了皇家自己的戲班子。南府原來的主人吳應熊是吳三桂的兒子。當初為了防止吳三桂反叛，朝廷把他的兒子.當作人質留在京師的皇帝腋下居住。「三藩之亂」一起，康熙便殺了這個人質，把他的府邸改了一個戲劇基地，稱為昇平署，時人仍襲舊習稱之為南府。南府內設包衣總管一人，各級管理人員和外籍教習等數十人，還有內學太監、外學子弟和諸般後勤人員，加起來有數百人之多。每到宮中萬壽、節令、喜慶、儀典，皇帝要聽戲的時候，便可應承方便，隨傳隨到。

到了乾隆年間，政通人和，海晏河清。乾隆這位有福氣的皇帝多次巡幸

江南，且對南方的戲劇情有獨鍾。曾下旨宣召崑、弋、亂彈諸班晉京獻藝。從《清宮檔案》的記載來看，這些班社雖然沒有進宮演出，但南府的伶人、生員們吸收、學習民間的劇目、唱腔和表演，以娛皇帝視聽，已經蔚然成風。乾隆指派更高一層的官吏總領樂部，由一名王爺負責，另設尚書一人，侍郎二人管理南府的日常工作。南府鼎盛之時，編制規模差不多有今天十多個國家大劇院大小。此外，還在景山觀德殿後邊設立了內大學、內小學，培養宮內演戲的人材。這些大學、小學還各分一班、二班、三班，專門培養調教宮中年幼的太監學戲。這樣，南府、景山兩處加起來，能夠演戲的宮伶就有兩千餘人。

　　道光皇帝崇尚簡樸，即位後曾多次裁撤機構，將南府、景山合併為昇平署。太監伶人也裁減了許多。但是，宮中演戲的事情並未因此減少，反而又開始宣召民間伶人入宮演戲，這件事亦由昇平署專門負責。這個作為最有權威的戲劇機構，一直管轄著宮內、宮外的戲劇事業，直到溥儀小朝廷被逐出宮，昇平署才隨之消亡。解放後，昇平署遺址改為男六中，筆者學生時代還曾到此玩耍，但裏邊早已破舊不堪，難尋昔日笙歌舊跡了。

　　如今重新評價昇平署，似不應簡單地說它是「統治階級享樂的工具」。也應該看到它為近代戲劇，尤其是京劇的成型和藝術水平的提高，都做出了不少貢獻。

（二）種類繁多的劇目

　　《昇平署扮相譜》所輯戲劇人物畫包含劇目有八十餘齣，只是目前所能蒐集到的一部分，全貌如何，現在還是個未知數。這些劇目當中，有神話故事戲、歷史演義戲、傳奇、公案小說戲和各種民間雜劇，文、武、崑、亂，花團錦繡，一定程度上反映出當年清宮演劇活動的規模和頻繁。

　　最初，宮內上演的劇目多是前朝所遺雜劇，遠遠不敷承應。乾隆皇帝指派翰林院牽頭組成寫作班子，專門編寫新戲。禮親王昭槤〔註31〕在《嘯亭續錄》中，對這件事有詳細的記述：

　　　　乾隆初，純皇帝以海內升平，命張文敏制諸院本進呈，以備樂
　　部演習，凡各節令皆奏演。其時典故如「屈子競渡」，「子安題閣」

────────────

〔註31〕昭槤：清乾隆朝重臣，號嘯亭，別號汲修主人，恭王永恩子，封禮親王，以
　　　　事革爵。後從尤蔭受畫法。著《書畫過目考》。

事，無不譜入，謂之月令承應。其於內庭諸喜慶事，奏演「祥徵瑞
虛」者，謂之《法宮雅奏》。其於萬壽令節前後奏演「群仙神道」，
「添籌錫禧」，以及「黃童白叟」、「含哺鼓腹」者謂之《九九大慶》。
又演「目犍連尊者救母」事，為十本，謂之《勸善金科》，於歲暮奏
之，以其鬼魅雜出，以代古人儺祓之意。演「唐玄奘西域取經」事，
謂之《昇平寶筏》，於上元前後日奏之。其曲文皆文敏親製，詞藻奇
麗，引用內典經卷，大為超妙。其後，又命莊恪親王譜蜀、漢《三
國志》典故，謂之《鼎峙春秋》。又譜宋政和間梁山諸盜及宋金交兵，
徽欽北狩諸事，謂之《忠義璿圖》。其詞皆出日華遊客之手，惟能數
衍成章，又抄襲元、明《水滸義俠》、《西川圖》諸院本曲文，遠不
逮文敏多矣。

　　昭褳所說的主要的還是宮中慶典戲、節令戲、萬壽戲、喜慶戲，此外，
宮內還編寫了許多連臺本戲，如根據《封神榜》、《東周列國》、《三國志》等。
與新改編的許多神話劇、歷史劇，每一齣都能演上十天八天，規模之大，匪
夷所思。有時還動用真馬、真獸、真駱駝出場。紫禁城、頤和園和避暑山莊中
的大戲臺上，動輒數百人粉墨登場，鼓樂之聲，響徹青雲。趙翼〔註32〕在《簷
曝雜記》中稱，戲臺上「列坐幾（近）千人，而臺仍綽有餘地」。

　　《昇平署扮相譜》所輯的戲劇人物畫中，《西遊記》、《封神榜》、《勸善金
科》、《鼎峙春秋》等連本大戲，佔有很大的篇幅。

　　平時帝后看的折子戲、玩笑戲、「侉戲」，則是在恒春堂、含經樓、春藕
齋、風雅存等中小戲臺演出。劇目繁多、蕪雜靈活，《西廂記》、《玉簪記》、
《琵琶記》、《繡襦記》、《焚香記》等，也經常上演。《昇平署扮相譜》所繪的
《白兔記》、《烏盆記》等戲，人物活靈活現、栩栩如生，都是大內舞臺上經常
出現的稔熟人物。

　　這些畫作中，還能看到很多民間劇目在宮中演出的情況，比如《四郎探
母》、《玉堂春》、《牧虎關》、《三岔口》、《穆柯寨》、《大保國》、《二進宮》、《青
峰嶺》之類，有的來自秦腔，有的來自崑弋。民間常演的公案戲，不少直接反
映當朝時事的《鐵冠圖》、《鐵公雞》等，也時常被傳入大內獻演。

〔註32〕趙翼（1727～1814），字雲崧（一作耘崧），號甌北，別號三半老人常州府陽
　　　　湖縣人，清中期史學家，與袁枚、張問陶並稱清代性靈派三大家。

（三）規範戲劇劇本

這裡面有一個很值得注意的事情，這些原本是戲班在市井舞臺上演出的劇目，進宮獻演時，必須要先向昇平署交上劇本，經審查批准後方能上演。這一要求並非全是昇平署的意志，而是出自皇帝的要求。例如，咸豐九年六月十七日的諭旨記載，咸豐皇帝在日理萬機的情況下，竟然親自修訂《興唐傳》系列劇本二十四折。又如光緒二年正月初五日，太監李文泰傳旨：「以後遇有外學戲，俱要本子，老佛爺一份，萬歲爺一份。欽此」。

民間戲班進宮唱戲，必須有規矩的劇本，不能把草臺班子上插科打諢的劇目和詞語，稀裏糊塗地帶進宮內。這一要求的貫徹，把民間戲劇中詞語不通、情節違理、胡編濫造的劇目，大都得以糾正。凡經過宮廷演出過的劇目，大多經得住時間考驗，不少劇目至今仍然保留在京劇舞臺上。

凡劇本中有違倫理道德的戲劇，是一概不准上演。譬如，乾隆年間當紅的男旦魏長生帶著他的徒弟，在京師大唱《雙麒麟》和《大鬧葡萄架》等「粉戲」，公開裸體登臺、科諢誨淫，曾招至觀眾們的唾罵。乾隆聞之自然不容，諭旨「交步兵統領五城出示禁止」，「怙惡不遵者，交該衙門查拿懲治、遞解回籍」（見《大清會典事例》）。從某種角度來看，當政者為了衛護高臺教化、淨化舞臺，這類查禁措施也是有一定道理的。

在《清宮檔案》中，還有許多關於皇帝親自參與排戲和改寫劇本的記載。譬如，嘉慶皇帝對戲曲的愛好就十分執著，他糾正伶人們的表演、唱腔，乃至舞臺調度諸方面所下達的諭旨，如果編在一起，儼然像一部導演手記。不少對戲劇的指導評論，甚至比內行還要內行。

慈禧太后也是位特別認真的顧曲家，場上伶人的表演，或是文武場中出現了差錯，都逃不過她那敏銳的眼睛和耳朵。從她對伶人的《恩賞檔》中，能看出每次演出的圓滿程度，以及是否出現了大的差錯均有記載。慈禧本人也多次修改劇本和撰寫唱詞，寫好後，交與伶人創腔、演唱。光緒皇帝則對文武場面十分熟悉，興趣來時，還可以當回打鼓佬。這些，看似漫不經心的帝王所為，其實，是對戲劇藝術提出了更高的要求。

庚子以前，慈禧太后歸政於帝，自己在頤和園修身養性，出於對京劇的熱愛，便招集翰林院、內務府、如意館和太醫院等文職人員，一起重新修改《昭代簫韶》，將原來的弋陽腔、崑腔進行整合，改成京劇皮黃。要將詞句。唱腔、曲譜、鑼鼓點兒都改成京戲，是一件諾大的工程。其中，還有不少她本

人編寫的詞句和新腔。這件事持續了兩年，一共改編腳本一百零五齣，直到光緒二十八年六月，八國聯軍進攻北京的時候才告中斷。這種由宮廷出面編創的京劇劇本，極大地提高了京劇的影響和社會地位，同時也奠定了京劇成為「國粹」的堅實基礎。

（四）演員行當的確立

中國戲曲形成之初，已有了「參軍戲」、「踏謠娘」等形式的表演，兩三個人插科打諢、就地作場，故事簡單、角色有限，並無行當分工。只叫「參軍」和「蒼鶻」而已。後來就泛稱為「副淨」和「副末」。表現女人的角色，則稱為「談娘」。到了宋雜劇和金院本的時候，戲變大了，內容豐富了，角色增多了，於是就形成了以末泥、引戲、副淨、副末和裝孤等角色的分工。其形象、造型、化妝、服飾各異，形成「五花爨弄」，南戲出現時，便分為生、外、旦、貼、淨、丑、末等七種行當。

到了明代，在戲曲行當更加豐富，已有老生、正生、老外、末、正旦、小旦、貼旦、老旦、大面、二面，三面等十一個行當。每個行當的腳色在藝術上都有獨特的創造，性格刻畫也日趨精確，表演程式也越來越嚴謹。

到了清代，國泰民安、四海豐盈，梆子、皮簧、絃索腔、高腔等各種地方戲曲興旺起來。隨著表演藝術的提高，各個劇種的行當都有長足的發展。但每個劇種支系林立，名目繁雜，行當稱謂不一。但也構成了表演藝術百花齊放的崢嶸景象。

自從乾隆年間，皇室徵召百戲進京，以展歌舞升平、盛世繁華。徽班晉京，百戲雜陳。在相互競爭和相互學習，亂彈、崑、弋的相互融合，終於促成一個新的劇種誕生。到了咸同時期，京劇已經成型。而且，角色的行當也有了明確的分類和稱謂。末行已分化到生、丑之內。只剩下生、旦、淨、丑四大行當。這一層，在《昇平署扮相譜》中可以明顯的看到。

首先說「生行」。在京劇形成之初，是以生行為主的。生是扮演男性的人物。以其年齡、身份的不同，又劃分為老生、小生、武生等分支。老生行內又分為文老生（又分唱工老生，做工老生）和武老生。

唱工老生又叫安工老生，重在唱，動作較少。如《空城計》的諸葛亮、《上天台》的劉秀。做工老生則注重身段、做派，亦稱衰派老生，如《清風亭》的張元秀，《四進士》中的宋士杰。注重功架和武打的武老生，亦稱靠把老生，如《定軍山》的黃忠，《觀陣》的秦瓊。此外還有一類紅生，如《走麥

城》的關羽，《送京娘》中的趙匡胤。

《昇平署扮相譜》中繪文老生的造型。

《昇平署扮相譜》中繪武老生的造型。

《昇平署扮相譜》中繪長靠武生的造型。

《昇平署扮相譜》中繪短打武生的造型。

武生行當，則分長靠武生和短打武生兩大類。長靠武生都身穿著靠，頭戴著盔，穿著厚底靴子，一般都是用長柄武器。這類武生，不但要求武功好，還要有大將的風度，有氣魄，工架要優美、穩重、端莊。注重身份、威儀、開打和亮相。所飾人物如《長阪坡》之趙雲，《挑滑車》之高寵等。而短打武生，多穿箭衣，抱衣抱褲、跌撲捧打、使用短兵器、開打火炎。要求身手矯健敏捷，要漂、率、脆，看起來乾淨利索，不拖泥帶水。如《白水灘》的十一郎，《三岔口》的任堂惠等。短打武生一般都能應工猴兒戲，如《偷桃盜丹》的孫悟空、《白猿出世》的白猿等。在武生行當裏，還有一種在臺上不說不唱，專門翻跟頭或以跌撲為主的群演角色，俗稱翻撲武生，或撇子武生，南方稱其為打英雄。

小生也是生行中重要的組成，小生不戴髯口，粉白俊面。包括扇子生、雉尾生、窮生和武小生。扇子生多是飽讀詩書，氣質儒雅的公子、秀才之類的人物，如《人面桃花》的崔護，《玉堂春》中的王金龍。雉尾生所飾演的角色多是年輕的儒將和小英雄，如《井臺會》的咬臍郎、《四郎探母》中的楊宗保等。

《昇平署扮相譜》中繪扇子生的造型。

《昇平署扮相譜》中繪雉尾生的造型。

《昇平署扮相譜》中繪娃娃生的造型。

《昇平署扮相譜》中繪紅生的造型。

　　此外還有窮生一行，所飾演的角色多是失魂落魄的窮書生，身穿富貴衣，但又儒腐酸氣重重，如《豆汁記》中的莫稽，《打侄上墳》之陳大官，都是窮生的重頭戲。

　　至於娃娃生，則是演那些頭戴孩髮，童稚未開的小孩。例如《三娘教子》的薛義，《汾河灣》中的薛丁山。

　　再說旦角，「旦」字源自「狙」的謔稱。是對男性扮演女性的一種輕蔑。在京劇行成之初，旦角在戲中尚不屬於主要角色。自清季晚期，旦行日益光燦，可與生長一較長短。旦角根據所扮演人物年齡、性格、身份的不同，大致劃分為正旦（青衣）、花旦、武旦、老旦、彩旦等專行，表演上各有特點。

　　青衣是旦行的重要一支，大多飾演中年正派的良家婦女，以唱工為主，如《桑園會》的羅敷女，《武家坡》的王寶釧。而花旦，則偏重做、表，多飾演年青活潑的少女和丫環之屬，如《西廂記》中的紅娘，《春香鬧學》中的春香等。武旦則是表現那些能征善戰的女性角色。武旦又分刀馬旦和武旦兩類。刀馬旦，從稱謂中可知是披靠、戴翎尾、手持長兵器的女將軍或女英雄，如《穆柯寨》中的穆桂英，《樊江關》中的樊梨花。而武旦則是身著短打扮、使用刀、匕等短兵器的中下層女傑等。如《三岔口》的孫二娘，《刺巴杰》的八奶奶等。

《昇平署扮相譜》中繪青衣的造型。

《昇平署扮相譜》中繪花旦的造型。

《昇平署扮相譜》中繪刀馬旦的造型。

《昇平署扮相譜》中繪武旦的造型。

　　老旦則是專門飾演老年婦人的角色，身份顯貴的如《太歲辭朝》中的佘太君，身世貧寒的如《釣金龜》中的康氏，都屬這一行當。

　　旦行中還有一個特殊的行當，名為彩旦，專門飾演那些醜陋的、行為不端的婦人，如《鳳還巢》中的雪豔、《白水灘》中的壓寨夫人都屬於這一類角色。這京劇中這一行當也劃為丑行，由丑角演員鑽鍋。

　　下面來說淨行。淨行俗稱花臉。以面部化妝運用各種色彩和圖案勾勒臉譜為突出標誌，扮演性格、氣質、相貌上有特異之點的男性角色。或粗獷豪邁，或剛烈耿直，或陰險毒辣，或魯莽誠樸。演唱聲音洪亮寬闊，動作大開大闔、頓挫鮮明，為戲曲舞臺上風格獨特的性格造型。

　　淨行分為銅錘、架子花和摔打花。銅錘以唱工為主，要有黃鐘大呂、聲遏瓦甌的氣勢。所扮人物大多一身正氣、剛直不阿，如《鍘美案》之包拯，《二進宮》之徐彥昭。而架子花臉則偏重做、表、工架，如《鬧江州》之李逵，《野豬林》之魯智深。至於摔打花，則是次之於架子花的二類角色，如《天門陣》中孟良、焦贊之屬。

《昇平署扮相譜》中繪老旦的造型。　　　　《昇平署扮相譜》中繪彩旦的造型。

《昇平署扮相譜》中繪銅錘花臉的造型。　　《昇平署扮相譜》中繪架子花的造型。

　　丑是京劇表演行當中主要的一類。專門飾演喜劇角色。由於面部化妝用白粉在鼻樑眼窩間勾畫小塊臉譜，又叫小花臉。扮演人物種類繁多，有的心地善良，幽默滑稽；有的奸詐刁惡，慳吝卑鄙。丑的表演一般不重唱工，而以念白的口齒清楚、清脆流利為主。

　　丑行有文、武之分。從人物的地位、年齡、職業、性格特徵來分，又分成方巾丑、蘇丑、官衣丑、茶衣丑、鞋皮丑（邪僻丑）、袍帶丑、老丑、丑婆子、開口跳等各種類型。丑角扮演的人物多，上至帝王將相，文武百官，下至黎民百姓，男女眾生，老老少少，三教九流，地痞流氓，漁、樵、耕、農、旗、鑼、傘、報、車、船、店、腳、衙，獅子、老虎、狗。總之，凡是舞臺上有的，別的行當不演，丑角都得會演。

　　方巾丑屬於文丑，大凡頭戴方巾、身穿褶子的角色都叫方巾丑。諸如《群英會》中的蔣幹，《活捉三郎》中的張文遠，均屬於此。

　　而袍帶丑，則是穿蟒掛帶的人物，其中也可以細分成蟒袍丑，官衣丑，在表演上有不少共通之處。如《湘江會》中的齊宣王，《龍鳳旗》中漢宣帝等。

《昇平署扮相譜》中繪袍帶丑的造型。

《昇平署扮相譜》中繪官衣丑的造型。

《昇平署扮相譜》中繪老丑的造型。

《昇平署扮相譜》中繪茶衣丑的造型。

　　官衣丑，指那些穿著或紅、或藍、或黑色官衣的人物，如《審頭刺湯》中湯勤，《失印救火》中金祥瑞等。

　　老丑大多都是心地善良、為人忠厚的好佬。如《蘇三起解》中崇公道，《奇冤報》中張別古等。這種人物或掛白四喜髯口，或掛鬚，神情和藹可親，性格風趣詼諧，接近生活。

　　彩旦，在前邊已有說明，如《鎖麟囊》中的梅香、《雙別窯》中的楊姑娘，《拾玉鐲》中劉媒婆、《能仁寺》中的賽西施等，都屬丑行飾演。

　　茶衣丑，穿的都是短衣布裙。比如《絨花記》中的雇工崔八，《武松打虎》中的酒保，這等小人物。都要學會市井百業人等的習慣動作。

　　邪僻丑：是指三教九流、地痞惡棍、流氓打手等角色。如《打漁殺家》中的教師爺，《四進士》中的劉二混等。

　　和尚丑：多說「京白」或蘇州方言。如《雙下山》、《瘋僧掃秦》、《翠屏山》等，這些戲要求演員具有多方面的本領，唱、做、念、舞，身段、水袖、臺步、扇子、雲帚等各種技能於一爐。總之，沒有功力，沒有道行，是很難成為令內外行服眾的大丑的。

《昇平署扮相譜》中繪邪僻的造型。　　　　《昇平署扮相譜》中繪武丑的造型。

以上多屬於文丑行當，此外還有武丑一行，武丑要講究念白和武功技巧。這樣的角色要求武功精湛，動作輕靈敏捷。性格詼諧、機智。如《連環套》中的朱光祖、《雁翎甲》中的時遷。

清代末年，京劇的成型，京劇行當的形成，是在京劇老前輩們精心的研究磨礪下，在皇室的提攜、督檢、肯定和獎掖之下，日益完美，臻於畫境。這一論斷在《昇平署扮相譜》中，得以明確的肯定。

（五）規定人物扮相

清代之前的戲劇人物都是什麼扮相，臉上怎麼化妝，身上怎麼穿戴，似乎沒有統一的規定，皆由不同劇種、不同演員獨立創造，在實踐演出中得到觀眾認可，就流傳下來了。及至清宮的演出，這種隨意的方式就不行了。宮中要求戲中人物的扮相，必須根據人物的年齡、性格、歷史背景，人物的身份、地位及其在戲中的處境和表演需要，而配以合理的穿戴化妝，並對此做出了嚴格的規定。

比如，戲中的帝王一級的角色，戴九龍冠或是皇帽，身穿黃色的團龍蟒服。黃色是帝王的專用色，也是至尊至貴的皇權象徵。黃色團龍蟒除了龍紋以外，要在前後心顯著位置環置「寶珠、方勝、玉磬、犀角、古錢、珊瑚、銀錠、如意」等「八寶」圖飾。還要在全身散擺「花、罐、魚、腸、輪、螺、傘、蓋」等八種飾有風帶的吉祥物作為插底。使用如此眾多象徵尊貴的裝飾紋樣，就是為了襯托帝王的威儀。即使皇帝的便服，也要服用飾有龍紋的皇帔。行路時要披黃龍斗篷。即使是便裝行路，也要穿龍馬褂，上邊繡五龍海水。正宮娘娘出場必須戴鳳冠，穿團龍女蟒。妃子則降一級，戴大過翹、穿帔或採用古扮，頭上戴雙光鳳。

戲中的各級官員各依品級穿戴。相，戴相紗；忠臣，戴方翅忠紗；奸臣戴尖翅紗、由丑飾演的小官，則要戴圓翅紗帽。又如，同穿龍蟒的，等級不同，服色不同，分為「上五色」、「下五色」。圖案也有嚴格的等級，同為繡龍，皇帝的服飾繡的是五爪龍；而臣子們繡的則是四爪龍，否則視為逾制。戲中武將們穿的軟靠、硬靠、褶子、開氅也莫不如此，各有各的規定。

劇中所表現的下層小民的衣著可就簡單多了，最有代表性的是老斗衣。「老斗」是舊日對社會底層老年人的輕蔑稱呼。這類人物穿的衣服叫老斗衣。布料為山東繭綢織成的「紫花布」，它的顏色是採用未經染色的牙白本色，略呈米黃。這些，在清人戲畫中皆有明確的規定。

（六）欽定後臺「三衣」

從這些畫譜上可以看到，在皇室的介入和干預之下，戲劇人物的扮相已開始標準化、規範化。戲劇服裝管理方面也有了嚴格的分工，設置了專職的「箱官兒」和「梳頭桌」來為演員服務。從技術職能來講，「管、拌、絮、勒」和服裝的管理，這一系統也以「服、化、道」的形式保留至今。

服裝管理方面便出現了大衣、二衣、三衣的明確分工。大衣箱負責，蟒、旗蟒、官衣、學士官衣、判官衣、開氅、鶴氅、帔、法衣、僧衣、褶子、宮裝、裙、褲、襖。宮廷的帝王將相以及朝廷名官等有身份的角色均穿蟒。地方官員的知府、知縣可穿官衣。而表現帝王、官紳在休閒之時，則穿帔、開氅，褶子。

旦角飾演朝廷命官、皇后、嬪妃時，必穿女蟒、女官衣和宮裝。飾演夫人、小姐、女僕以及家貧婦女的主要服飾則有女帔，女褶子，裙，褲，襖。帔是夫人、小姐的服飾。素褶子是老旦穿著，花褶子多為小姐穿著的。

二衣箱則有，靠，箭衣，馬褂，抱衣，夸衣，卒坎，龍套、大鎧，青袍、茶衣，大袖，靠，是元帥大將出征的鎧甲。箭衣的使用，上至帝王，下至貧民百姓範圍較廣，它是利用多種配件，如大帶，馬褂，三肩等物，即可扮帝王，也可以扮綠林好漢、旗牌、中軍等下等人物。

抱衣和夸衣是英雄好漢、綠林豪傑、兵卒馬弁、以及飛賊、強盜類角色穿用。便於跌撲翻滾，動武開打。此外，還有卒坎，茶衣、大袖等，為兵卒、禁子、店家、酒保、禁卒、驛夫類人穿著。

三衣，俗稱靴箱，包括的物品分為軟、硬兩大類。軟片，有水衣，胖襖、彩褲、護領，雲肩、大襪。硬片，則是厚底靴、朝方、福字履、皂鞋、薄底、彩鞋等物。是供伶人化裝時貼身穿著的內件，和不同角色腳下穿的靴鞋。

昇平署所藏做工十分考究的戲裝，刊於三十年代《國劇畫報》。

　　這些劇中人物扮相的定式，實際上是戲劇藝人與皇室權貴們好似一種共同「議定」的結果。而且，形成了扮戲的伶人「寧穿破、不可穿錯」的硬性行規。直到清末，慈禧、光緒看戲時，她們對角色的行頭，上及冠戴，下至靴鞋，依然進行了嚴格的規範。凡有違忤不遵者，扮相出錯者，唱念出錯者，都會受到罰俸和領責的懲處。

　　「扮相譜」所輯的人物扮相，百分之九十依然沿用至今。「上五色」、「下五色」的配置，褶子、帔、靠、氅上的圖案，只是在局部刪繁就簡，略作修改，基本構成應該說沒有過大的改變。

（七）絢麗多彩的臉譜

　　戲劇人物的臉譜，是刻意誇大劇中角色五官部位和面部的紋理，形成圖案來表現劇中人的性格、心理和生理上的特徵，為整個戲劇的情節服務。

　　臉譜源自古代儺戲，用色彩和圖案來塑造角色。譬如，紅色的臉譜表示忠勇悍烈，像關羽、姜維、常遇春；黑色的臉譜表示剛烈正直、勇猛魯莽，如張飛、李逵；黃色的臉譜表示兇狠殘酷，憨直暴烈，如宇文成都、典韋；藍色或綠色的臉譜，表示粗豪暴躁的人物，如竇爾敦、馬武等；白的臉譜一般表示讒臣奸佞，如曹操、趙高。花臉的畫法基本上分為揉、抹、勾三種。

　　清宮戲劇人物臉譜的形成，一是承襲著前代戲劇人物化妝藝術的積澱，二是隨著民間弋陽、梆子、秦腔、亂彈戲班晉京獻藝，在相互交流中的影響，三是，宮內教習和伶人對臉譜藝術的不斷研究和細化提升，使京劇臉譜日臻完美講究。

　　清代以前的臉譜較為粗糙，我們可以從「輟玉軒藏明代臉譜」中見之一斑。發展到清代，臉譜便由簡到繁、由粗到細、由表及裏、由淺及深地逐漸成為一種別具特色的圖案藝術。我們從這些「扮相譜」中也能直觀的發現，彼時花臉的譜式已臻於定型。什麼人物勾什麼臉，其色彩和圖案已不能隨便更改的了。

　　例如，包公的黑整臉，以黑為底，只勾兩道皺眉，係為國事煩憂之故；腦門一輪彎月，以示為官清明。曹操的白奸臉，亦稱大白抹子。抹臉的含義原本就是為了掩蓋真實面目，畫時將本眉加粗、眼窩勾細描長，露出一臉蕭殺氣象，表示他胸中城府，高深莫測。而尉遲敬德是隋唐名將，勾的是六分臉；腦門及兩頰為黑色，表示這位「門神爺」莊嚴肅穆。銚期的臉譜屬於標準十字門老臉，通天眉、眼角下垂，眉頭勾點眉。項羽的臉譜更為奇特，係獨有

的鋼叉臉；項羽雄壯勇猛、孔武有力，腦門、雙眉和鼻樑構成鋼叉般的紋理。又因為他英雄一世、未得善終，特意要在他的雙眉上勾畫壽字，稱為無雙臉。

其他，如「三鋼（姚鋼、薛鋼、李鋼）不見紅」，「神仙要掛金」等等提法，都說明花臉臉譜在清季官方演劇機構的確認下，已成為定式。即使在近代演出中，又有許多創新和改進，但是「萬變不離其宗」，這一層則是公認無疑的。任何一個臉譜如果改變過大，那就不成其這個人物了。

在光緒五年的《清宮檔案》中，記有慈禧太后這樣一條諭旨：「著總管排差管束。《迓福迎祥》判臉實是粗糙。」可見，慈禧太后不僅是在「聽戲」，而是在「看戲」、「審戲」，且不說臉譜畫得對不對，就是畫得「粗糙」了一些，也是要「排差管束」的。

以上四圖是「扮相譜」中四個不同人物的臉譜造型。

齊如山先生分析這些「扮相譜」時說：它的出現「大致有兩種意義，一是怕年久失傳；一是各角勾臉法雖有準譜，然亦偶有出入，若勾得不一樣，皇帝見罪。所以畫出此譜來，經皇帝過目後，各角都照此勾畫，則無人挑眼了。」這種說法，卻也不無道理。

著名編劇家翁偶虹先生，他對戲劇臉譜研究的深刻與考究，是深受內外行佩服和稱道的。他強調：「戲中角色的臉譜設計需有所宗，不得憑空濫造，不易脫離舊日譜式的窠臼。」例如，上世紀四十年代，景孤血給富連成科班編寫《頭本混元盒》，第一場的「玉皇升殿」，堅持要上「二十八宿」。而「二十八宿」的出場，除在清宮演《混元盒》時全梁上壩之外；一般民間演出，未曾有過。原因是既需二十八個演員同時登臺，還要有一套整齊、奇異的扮相和臉譜，但無範可尋。孤血先生知道翁先生曾由「太后宮」的太監陳子田有點交情，並從他那裡得到過一部「大內」花部的「扮相譜」，裏面一定有「二十八宿」的臉譜。於是，親自登門求助。翁先生不負好友之望，所藏譜中確有「二十八宿」的扮相及「臉兒」（「大內」稱臉譜為臉兒），即把扮相轉為抄錄，並按原譜畫了十五張臉譜（「二十八宿」中，有十五個是勾臉的，其他十三個分由生、旦、丑扮演，不勾臉譜），毫無保留地送給景先生，此事，為藝壇一段佳話。

翁先生根據自己多年研究臉譜的經驗，他巧妙地用「遙條轍」編制出《臉譜色彩口訣》一首，闡述京劇臉譜與人物的關係。他說：「紅忠，紫孝，黑正，粉老，水白奸邪，油白狂傲；黃狠，灰貪，藍勇，綠暴，神佛精靈，金銀普照。」含轍押韻，簡明扼要，使人一目了然，備受內外行首肯。（見張景山撰《翁偶虹鉤奇探古，一譜一世界》一文《北京青年報》2018-03-12）

筆者在整理「扮相譜」時，也發現有些很有趣的臉譜。譬如《普天樂》中的包公，他勾的是「陰陽臉」，即一半黑一半白，腦門中間的月牙兒，也是一半白一半黑。身上穿的蟒袍，也是一半黑一半白。看起來十分怪異，細想又在情理之中。因為，劇中的包文正公有「日斷陽，夜斷陰」的特異功能。為了斷明柳金蟬屈死的冤情，包公親到陰曹，巡查五殿，訪冤魂，探陰山，最終戳明真相，平反了冤獄。所以，包公的臉譜和扮相是根據劇情的需要而認真設計的。同樣，《陰陽河》中的界河小吏勾的也是「陰陽臉」，穿的也是黑白兩色的「陰陽衣」，在晉劇、川劇還有應用。

陰陽判官的舞臺造形。　　　　　　二郎神的舞臺造形。

　　另一幅《百草山》的二郎神。《百草山》又名《鋸大缸》，是一齣不明朝代的神話劇。劇中有觀士音命二郎神下界捉拿妖孽的情節。俗謂「二郎神三隻眼」，眉間的慧眼是豎著的，平時緊閉不睜，而一但睜開，便能看穿一切，魔鬼難以隱身。二郎神勾金臉，慧眼不勾。而是單畫在一張剪好眼型的膠紙上。扮好戲後，上場前將眼型貼在左足下三寸底的靴子尖上。上場時，神色不露，行至眾神擁戴的臺中，請了法旨，轉身，亮相，起範。抬左側腿，至朝天蹬。然後，靴尖轉向對準眉心，亮相，順勢將靴尖上的眼型兒端端正正地貼在雙眉中央，「開天眼」。每演至此，必獲滿堂彩聲。這也是大武生必須掌握的一種特技。京劇、川劇，漢劇均保留至今。圖中所繪的二郎神，乃是剛一出場的扮相。當然，有些角色的扮相與今日有異，如《空城計》趙雲戴黑三，而今戴白三。司馬懿竟為老生，而今變為花臉。朱家溍先生說：「不知當日真如此抑所繪有誤。又戲中角色與今亦多不同者，參考其他清宮戲曲文獻，大有研究空間。」

（八）窮其奢華的戲衣

　　在這些戲劇人物畫中，角色所穿的服飾是相當華美惹眼。從《清宮檔案》

中能發現，清朝的皇帝們對戲裝的設計和製作是相當重視的。雍正皇帝、嘉慶皇帝都曾多次下旨，對戲裝的顏色、衣上的花紋圖案，及至桌椅帔、旗幟、兵器等砌末的樣式，提出過詳細的要求和製作的具體意見。

以上四圖係「扮相譜」中武將人物的戲裝與昇平署所藏戲裝實物的比較圖。從中可以看到「扮相譜」戲裝所繪精細所至是與實物一般無二，難分軒輊的。

　　據《清宮檔案》記載，宮中戲裝的製作過程是這樣的，先要由昇平署精通戲劇的部門提出創意，什麼角色應該如何著裝，用什麼服色為好，上邊繡

什麼圖案最為恰當，這些圖案都象徵著什麼寓意。逐項推敲設計、直至無懈可擊，再由如意館的畫師們描畫出精細的式樣和圖案，送呈皇帝過目。皇帝若挑出毛病，則重新設計；挑不出毛病並且認可之後，才能正式由造辦處安排繡工繡製。一些重要的戲裝，先要製成成衣，由昇平署太監伶人穿上，請皇帝驗看。皇帝點頭後，再交內務府造辦處依樣製來。排演新劇的行頭，都是把圖樣和樣衣轉交江南三織造（既江寧、蘇州、杭州）的官員，由他們負責在蘇杭監製。由此看來，宮中戲劇服裝的總設計師應該說是皇帝本人。

這些戲裝，尤其是佛道仙人、帝王后妃的戲裝，描龍繡鳳，堆錦織金，花團錦繡，光彩襲人。其中的蟒、靠尤為精良，有些還使用了緙絲等高級織品。這些戲衣給戲劇增添了五彩羽翼，並形成了統一的戲劇服飾制度。

《清宮檔案》記載，光緒三十四年，德和園大戲臺為慈禧首次上演三國故事《連營寨》。她很喜歡這齣戲，馬上命人到江南專為此戲定製了全部新行頭。這些行頭中有飾演劉備所穿的白緞金邊繡黑龍的男蟒，飾演趙雲所穿的白緞金邊繡鱗紋花蝶的男靠，還有旗、圍、帔、帳和將士們穿的開氅、箭衣、背心等等，全部是在白緞上繡黑色圖案鑲滾金邊。用料之講究，做工之精細，真是無與倫比。這種對行頭的講究，整體帶動了京戲服飾的改良與創新，正是：「千金買歌舞，售與帝王家。」

宮廷戲劇服裝的考究和精美之風，同樣傳入民間。民國期間當紅的大角們都講究有自己們「私房行頭」，向以名貴奢華而驕傲。武生有自己的大靠，不是蘇繡，便是湘繡。旦角有自己的頭面，不是雙光，便是點翠。周信芳、馬連良的服裝都是親自設計，一擲千金。梅蘭芳的古裝衣、尚小雲的新戎裝，莫不是搜腸刮肚、窮其所思的產物。「演新戲、亮行頭」當是演員取悅觀眾的一大法寶。

就是解放以後，大劇院在製辦行頭方面也是不惜工本的。舉個小例子，中國京劇院排一齣折子戲《斷橋》，則白素貞、許仙、青兒三人的上下服飾，同款三色一式四套，專戲專角、專款專用，就投資上萬。如果此戲未演，便封箱另存，從不拆用。若換了新的演員組合，則重新量身高，重新制行頭，這種奢侈是民間劇團無以匹敵的。中國京劇院的庫房裏的戲箱堆積如山，價值億計！《中央電視臺》曾報導，北方崑曲劇院為侯少奎排演《單刀赴會》，到中南海彙報演出，為關老爺重製一身綠蟒，周恩來便特批七兩黃金拈製金線，繡製立水團龍。這種投入從不馬虎。

晚清《點石齋畫報》所繪江南織造局的繡女們為慈禧太后大壽繡製各色繡品和宮廷戲裝的宏大場面。

　　前不久，天津京劇院的主要演員劉桂娟在電視臺向觀眾炫耀頭面。她說：她在.「臺上戴的頭面，有一副點翠的。十幾年前花了十好幾萬買的。這點搶眼的翠面兒，是從上百隻翠鳥身上活摘下來的，才這麼漂亮。每次在後臺上妝時，大家莫不羨慕，爭著來看。如今花四十幾萬也買不來這麼好的了。」

　　內行都知道在中國戲曲中，點翠頭面是一種頂級飾物，價格十分昂貴。舊時藝人為了追求更好的舞臺效果，吸引更多的觀眾，旦行的大角們皆不惜重金購置此物。有時為了在同行中「拔份兒」，購買多套不同款式的雙光、點翠也是十分常見的事兒。但是，必竟時代不同了，劉桂娟此語一出，重重地刺痛了眾多「珍禽保護者」的心。為此，招來了一片罵聲：「幾百隻翠鳥的死亡，換來臺上一時的光彩，內心何忍哪！」：

（九）品級森嚴的盔頭

　　「盔頭」是仿照古代文臣武將所戴的盔帽樣式加以誇張美化形成的。其

外形大致可分為冠,帽,盔,巾四大類,式樣變化有三百餘種。它們和戲衣一樣,注重裝飾變化,華美絢麗,五彩紛呈。

冠,一般是帝王、貴族戴的禮帽;盔,是武士戰時所戴;巾,為軟件,屬於便服;帽的名目繁多,也最為複雜。有皇帽、九龍冠、紫金冠、鳳冠、過翹、侯帽、相貂、紮鐙、紗帽、氈帽、韃帽、羅帽、太監帽、風帽、皂隸帽,種種之分;盔頭則分草王盔、帥盔、紮巾、夫子盔、倒纓盔等;巾,則分有皇巾,相巾、文生巾、武生巾、高方巾、解元巾、荷葉巾、棒槌巾、員外巾、八卦巾、大葉巾、鴨尾巾,難以一一盡述。此外,還有很多不同款式的零件,如草帽圈、漁婆罩、額子、駙馬套翅、翎子、狐尾、面牌、茨菇葉、鏟刀頭、絨球、鬢花等等,更是五花八門。

戲中什麼身份的人物在什麼處境,戴什麼盔頭、什麼帽子,等級森嚴、不可逾越。我們從這些戲劇人物畫中,也可以看得一清二楚。它與戲劇服裝是嚴格配套,有固定組合的。清代帝王對這一領域也經常干預過問,有些諭旨還說得很細,命令江南織造悉心製辦。

咸同年間,皇帝還下旨調江南巧匠晉京,專門侍候這項事宜。正因為有此等權威的過問,促使民間戲劇人物的穿戴扮相,緊緊地效而仿之。在宮廷造辦處的監督下,盔頭的製作早已成為一門獨特的工藝美術。

以上四圖是「扮相譜」中不同戲劇人物頭戴的盔頭及帽。

（十）規範化的髯口

髯口是戲曲中各式假鬚的統稱，俗稱「口面」。這些髯口是用氂牛毛或人髮製作的，用以表示不同人物的年齡、性格。從山西明應王殿元代戲曲壁畫來看，早期的髯口似乎是用細繩拴製而成的，三絡、滿髯都很短，而且緊貼面頰，十分寫實。到了清代，髯口改用銅絲掛鉤結構，加寬加長，式樣也越來越豐富。這種改進，同戲劇表演的進步和演員注重用髯口來刻畫人物的情緒有關，這一層，在戲劇畫中也有清晰的表現。畫中角色用推髯、拈髯、捋髯的表演動作，明確地表示著人物的喜、怒、哀、樂，以助劇情的深入。

髯口的使用有著嚴格的限制。三絡長髯，表現文雅、清俊的人物，用於生角飾演的文武角色。滿髯，則是連腮長髯的誇張，用於體格壯實的上層人物。紮髯是露口的滿髯，適於表現性格粗豪、好勇鬥狠的人物，為淨角專用。

丑三髯，適於表現寒酸或猥瑣的文人和小官吏，為丑角專用。二濤髯直稱「短滿」，適於體格壯實的下級官吏、家院之類人物。一字是極短的滿髯，多表示粗魯、不事修飾的人物。此外，八字、二挑、弔搭四喜、五撮，都是丑行人物使用的。這類分工是在清代逐步完善的。當然，在近代演出實踐中也有不少改革，但並沒有離開舊譜。

以上四圖說明戲劇中不同角色的人物須戴不同身份的盔頭，不同的髯口。

（十一）精製的砌末

砌末是戲劇中大大小小道具與一些簡單裝置的統稱，它也是戲曲解決表演與實物之間矛盾的產物。它包括生活用具，如燭臺、燈籠、扇子、手絹、文房四寶、茶具、酒具；交通用具，如轎子、車旗、船槳、馬鞭等。也包括武

器,如刀、槍、劍、斧、錘、鞭、棍、棒等。此外,如表現環境、點染氣氛用的布城、大帳、門旗、纛旗、水旗,風旗、火旗、鑾儀器仗、桌圍椅披也都包括其內。

在「扮相譜」所輯圖畫中,多是人物而沒有畫背景,襯托表現環境的不多,但人物手中多有所執,除牙笏、扇子、手帕、拐杖之外,以刀槍把子居多,仔細研究起來也有價值。譬如,今日舞臺上趙雲所執的武器多是白纓長槍,只有大小之分。而圖中《鳳鳴關》的趙雲,則需使用大刀,他在戰鬥中連斬韓氏父子五人,有一大套獨特的「大刀花」極為別致精彩。又如而今《竹林記》中的劉金定紮女硬靠,持刀馬刀開打;而舊日圖中繪的是穿戰衣戰裙,手中僅執一鞭。舊時,劇中人所用馬鞭,只有簡單的穗頭兒;而今已進一步地美化,改為五穗了。

宮中演出神話劇時所用的砌末也是相當考究的。例如頤和園大戲樓的舞臺分上中下三層,分別代表天上、人間和地府。演出時有上下雲梯相連,仙人可以下凡,小鬼可以還魂人間,人神魍魎、千般幻化,光怪陸離,恍如化境。劇中所用一些珍禽異獸的造型,千奇百怪,均出自江南名家之手。不論大小,內藏機關,外敷錦繡,華光異彩,宛轉如真。夏仁虎在《清宮詞》中有一首描寫《大戲臺》的詩云:

> 煙火神奇切水排,日長用此烈慈懷。宮中百色驚妖露,宜有紅
> 蓮聖母來。

詩後小注云:「頤和園戲臺皆用奇巧機關為切末,神自云端,人行臺上,鬼自地湧出。所演率《西遊》、《封神》諸劇,深入人心,宜有庚子之亂。」足證清宮廷演劇所用砌末之真之巨。

大戲樓一側有一間巨大的道具室,內裝大小精緻的砌末無數,專供戲中神鬼人物使用。例如,上圖的「魚形」「龍形」砌末,皆碩大無朋,演員可以乘坐其中,頭、尾俱能活動,且行走自如,宛若真獸。原本珍藏於大戲樓的戲庫之中,後轉存於故宮博物院。此照片曾刊於三十年代《國劇畫報》。下圖為梅蘭芳首次演出《上元夫人》的劇照,攝於二十年代後期。從中我們可以看到,當年演出神話劇時舞臺上的規模。仙鶴、梅花鹿、獅、虎、孔雀各種靈獸紛紛登場。此劇是曾在宮中當「供奉」的王瑤卿導排,他經見過宮中演戲的排場,這齣戲也是倣仿內廷大戲的模樣,獻演於市井民間的。劇中所用砌末之巨、造型之偉,亦可證之萬一了。

這兩張圖分別為昇平署珍藏宮中演神話戲中的「魚形」和「龍形」徹末。

民初梅蘭芳演出《上元夫人》的劇照。

（十二）陰陽倒錯的男旦

在清宮戲劇人物畫中所繪旦角，如樊梨花、劉金定、王寶釧、玉堂春、八姐、九妹等，一個個都嬌媚靚麗，煙視媚行，很難讓人想到這些角色都是由男人飾演的。

男人扮演女人，在戲劇行中俗稱男旦，也稱乾旦，此風來源甚久。清初，由於朝廷取締營妓、娼僚，嚴禁官員、士大夫狎妓，促成男寵之風大盛。官員們把宴樂之歡，多傾注於男色，戲班裏的男旦也就成了龍陽之癖的獵物，這也是男旦大興的一方面原因。乾隆年間的出版物，如安樂山樵撰《燕蘭小譜》，小鐵笛道人著的《日下看花記》等書，對這方面的記述最多，書中有許多歌詠男旦之作。

　　媚態綏綏別有姿，何郎朱粉總宜施。自來海上人爭逐，笑爾翻成一世雌。

　　鏡殿春風作意描，阿翁瞥見也魂消。十香詞好從兒唱，贏得羅裙幾度嬌。

為「扮相譜」中所繪宮中太監伶人飾演的旦角角色。

康熙朝不准民間女樂進宮，宮內戲劇中的旦角全由太監伶人飾演。太監已被閹割，聲音、行動更趨於女性，做起戲來，假鳳虛凰，千姿百態，與女人難分軒輊。清咸同年間，宮中再次宣召民間藝人進宮獻藝的時候，外學男旦

成了一時之寵。這類外學男旦實為歌郎，亦稱「像姑」、或「相公」。他們從小在師傅的「養育」之下學唱青衣、花衫，出身寒微，大多是從江南一帶拐買來的、面目姣好的優童。這些俊美的雛伶之所以亦稱為「像姑」，語意乃是「像個大姑娘」的意思。在舊「三百六十行」中也踞有一席之地。這行人都是由師傅攜帶入門，入籍註冊，經過「領家兒」的調教訓練，琴、棋、書、畫，件件略通；唱歌、拍曲、歌舞、表演，樣樣皆能。能選入宮內唱戲，自是榮耀非常。在宮廷畫家的筆下，他們的扮相、身姿、做派就更加嫵媚多姿。

其實，太監伶人也好，外學男旦也好，他們一經進入梨園便已淪為賤奴。太監被去勢變性，童伶則遭「潛規則」的折磨，在性情上發生異變，而不知自己是男是女。為了保持嬌媚的女態，日常生活也吃盡苦頭。練習踩蹺是第一苦事。要將一雙木製的三寸金蓮終日綁在腳下，行動坐臥、扭妮作態，是何等滋味？次之為「洗膚」，皮膚必須「白、潤、滑、脂」，天然生香。日日要用藥膏遍體熱敷，換卻浮皮，使肢體柔軟，遍體生香。這行人還有一件很痛苦的事，那就是一進青春期，就要絞臉和拔毛。絞臉，定期用絲線的滾動，把臉上、額頭上的汗毛和鬢角邊上的毫毛悉數拔掉，如同女人開臉。儘管這些汗毛、毫毛細弱輕柔，但一遍遍地滾絞生拔，也如蚊叮蚤咬一樣，讓人難受。拔毛，一是要拔眉毛，使其保持如遠山彎月。二是拔鬍鬚，拔腋毛，就更讓人痛苦不堪了。他們要控制體貌的發育，仿傚女聲或假聲，採取的手段是控制飲食，減少睡眠，甚至要服用桐油，手段十分殘酷。他們唱紅了，一身榮耀，成了權貴們的「寵物」。唱廢了，則成了人見人嫌的「怪物」。

清帝遜位之後，宮中裁減了一大批宮內伶人。他們流落市井，技高者，或能搭班唱戲。但多被輕賤，呼之為不值錢的「太監戲」，戲份也低人一等。技藝不佳者，無以為生，甚至淪為乞丐，下場足哀。

（十三）油光水滑的大頭

清代以前旦角的化妝是什麼樣子，因缺少圖證，不得確知。一些流傳下來的傳奇插圖，也讓人看不出什麼名堂。直到乾隆初年，有據可考的旦角頭部的化妝稱作「包頭」。顧名思義，是把假髻子或假頭套緊緊包在旦角的頭上，再簪以花鈿頭面，儼然秀髮如雲、環髻巍峨。顏面部分的眉眼大多依五官修飾描畫，撲底粉、擦胭脂，點朱唇，裝扮成女人模樣登臺作場。

乾隆四十四年，出了位秦腔男旦魏長生，綽號魏三。此人飾演的花旦戲，名動公卿，享譽一時。據《嘯亭雜錄》記載：「一時歌樓觀者如堵，而六大班

幾無人過問，或至散去。」「凡王公貴位，以至詞垣粉署，無不傾擲纏頭數千百。一時不得識魏三者，無以為人。」

魏長生所飾的花旦、刀馬旦，扮相生動，做功細膩，唱詞通俗易懂，腔調清新動聽。並以胡琴、月琴伴奏，繁音促節，聲情並茂。他本人勇於創新，為改進旦角化妝，一改傳統的「包頭」為「水頭」、「貼片子」。這裡所說的「水頭」，是用人髮做成「大柳」（大鬢），「小彎」，使用前先用刨花鹹浸泡，而後刷刮成型，貼在前額、兩鬢，塑造古代美女的髮型和臉型，稱為「水頭」，實際是「油頭」。烏黑油亮的鬢髮，把旦角臉上的脂粉襯托得更加亮麗光鮮。這種化妝手法很快為宮內、外旦角伶人吸收，並一直傳流至今。「扮相譜」所輯畫中，旦角化妝就都採用了這一手法。

魏長生還有一大發明，那就的「裝小腳」，也叫「踩蹻」。《燕蘭小譜》卷五稱：「友人云京旦之裝小腳者，昔時不過數齣，舉止每多瑟縮。自魏三擅名之後，無不以小腳，足挑目動、在在關情，且聞其媚人之狀，若晉侯之夢與楚子搏焉」。為此，時人有詩讚道：

鶯鶯嚦嚦燕喃喃，齟齒迎人媚態含。最是野花偏豔目，稱他窄袖與青衫。

梅蘭芳梳的大頭。　　　　　　　　昇平署扮相譜所繪的旦角大頭。

當時，也有不少守舊勢力對這些創新頗為不滿，笑他「野狐教主專演粉戲」。這些輿論使他為此付出了慘痛的代價，以「喧淫」被乾隆逐出京師。但他發明的「梳水頭」、「貼片子」、「踩蹻」，卻被戲劇伶人全盤接受。可惜，這套繪畫都是半身畫像，演員足下是何裝扮並未畫出來，因此，清代宮中的旦角是否全部踩蹻登臺，還不能武斷言之。但是，從光緒末年的宮藏戲裝照片來看，旦角，包括武旦、刀馬旦都是踩蹻登場的。

（十四）旗裝戲的解禁

「旗裝」是滿洲旗人的傳統衣著。入關之後依然保持下，箭衣、馬褂、坎肩、旗頭，幾乎成了清期的「國服」。穿「旗裝」登臺入戲的事兒出現得很早，如宮內經常演出的「承應戲」《年年康泰》，描寫東夷、西戎、南蠻、北狄等眾國王和各省總督、巡撫及朝中的文武百官，一起上朝拜竭聖主，稟奏年年太平，四宇嘉祥。全劇場面宏大，衣冠滿臺，以顯天朝威儀。戲中飾演本朝文武大臣的角色，自然把本朝的冠戴、朝服穿到舞臺上來。這可以說是「旗裝戲」出現的肇始。此外，康熙三十九年（1700），孔尚任編撰的《桃花扇》劇中，亦有「副淨時服扮皂隸暗上」的說明。這裡所說的「時服」，就是當時的滿族人穿的旗裝。

宮裏的戲曲演出中，既然有了清代「時裝」登場，民間的演出也就少不了有穿著「旗裝」的官吏和男女百姓上臺。而這些角色中，必然有美、醜，良、莠，善、惡之別，身著大清衣冠的人物未必都是正面角色。不免鬧出「言詞不經，行為不軌」，影射朝廷，排滿反清的事情來。所以，清政府一直採取了嚴厲的禁戲政策。不許伶人以演前朝故事，借古諷今，散佈反滿情緒。凡有身著「清裝」、「旗裝」的反面角色登場的戲，均會引起清政府的高度警覺和注意，必予禁燬。乾隆四十五年（1780），兩淮鹽政伊齡阿曾為此上奏朝廷：

> 查江南蘇、揚地方崑班為仕宦之家所重，至於鄉村鎮市以及上江、安慶等處，每多亂彈。係出自上江之石牌地方，名目石牌腔。又有山陝之秦腔，江西之弋陽腔，湖廣之楚腔，江廣、四川、雲貴、兩廣、閩浙等省皆所盛行。所演戲齣，率由小說鼓詞，亦間有扮演南宋、元明事涉本朝，或競用本朝服色者，其詞甚覺不經，雖屬演義虛文，若不嚴行禁除，則愚頑無知之輩信以為真。亦殊覺非是。」（見江西巡撫郝碩奏摺，故宮博物院文獻館編《史料旬刊》第 22 期）。

清如意館畫師所繪「清裝戲」中的人物扮相。

　　在這種政治的高壓下,「清裝戲」受到了巨大的打擊,一度明令禁絕。就是歌頌「第一廉吏」于成龍的《紅門寺》,因于成龍身著「旗裝」、「頭戴花翎」,有違禁之嫌,也被明令禁演(見故宮博物院文獻館編《史料旬刊》第二十二期刊「乾隆四十六年(1781),江西巡撫郝碩覆奏《遵旨查辦戲劇違礙字句摺》」)。細檢乾、嘉時期的戲劇檔案,就再也沒有描寫本朝時事的

劇目出現了。

咸豐帝奕詝登基以後，他對戲曲的愛好更甚於列祖列宗，全然置國家安危於不顧，在宮裏朝朝宴樂、日日笙歌。編戲、改戲、排戲、看戲，是他每日必修的功課。他有《丙辰冬偶題》一詩自詡：

　　聲聲簫管奏雲墩，優孟衣冠興致豪；淑性怡情歸大雅，升平樂

　事最為高。

至於前朝禁「演學本朝服色」戲的規定，也被咸豐廢棄了。現存《昇平署戲檔》記有咸豐五年十一月的朱批一件，指令宮中重新排演「禁戲」《紅門寺》，並且對演員的扮相提出了相當具體的要求。《諭旨》寫道：

　　《紅門寺》軸子除婦女仍舊裝束外，一切男之正雜爵（角）色

　俱改本朝衣冠，于成龍帶（戴）紅頂，方補，朝珠，便衣，穿馬褂，

　代（戴）小帽。知州代（戴）亮白頂，方補，朝珠，如有不全者，

　著酌量穿帶。廟內婦女有幾個梳兩把頭的、一把頭的。

咸豐帝不以穿本朝服色為忤，反而認為，臺上的角色穿上補服馬褂，戴上紅白頂子，旦角「梳兩把頭」、「一把頭」才更加真實有趣。昇平署自然遵從聖旨，按照皇帝的意見，將劇中人物均改為「旗裝」打扮了。自此，「旗裝戲」正式解禁，旗裝旦角戲也得到了提倡。

從此，宮內便大演起「旗裝戲」來。不僅演出《紅門寺》，而且還恢復了連臺本戲《昭代簫韶》的演出。《昭代簫韶》是根據小說《楊家府傳奇》的故事編成的連臺本戲。其中，《金沙灘》《李陵碑》《五臺山》都是劇中的精華。遼方兵將都穿著清一色的「清裝」出場，殺敗了英勇善戰的楊家將，其得意洋洋之態，使臺下觀劇的皇帝和嬪妃們都得到極大的心理滿足。

後邊的《雁門關》和《四郎探母》就更好看了。戲中的公主和蕭太后都是標準的「旗裝」打扮，且由戲班裏的頭牌旦角飾演，是一齣正經八板的「旗裝戲」。宮裏上下人等都愛看這齣戲。公主的美麗、嬌嗔、聰明、智慧，且體貼賢惠；蕭太后獨斷朝綱，統領貔貅，威儀赫赫，且又仁愛為懷，一片慈心。世界上哪兒有這麼棒、這麼好的老太太？大凡聽戲的人都有「對號入座」的心態，皇帝、太后、嬪妃、格格們對此全都滿意，使「旗裝戲」在宮內就大行其道了。

從「旗裝戲」解禁一事可以推測，詔令畫院處繪製清宮戲劇「扮相譜」的聖旨也必是咸豐皇帝所下。

（十五）嚴格的藝術要求

從現存的《清宮恩賞檔案》中，可以看到帝、后們對戲劇排練和演出都有著嚴格的藝術要求。有關這一方面的諭旨很多，我們這裡只選一些有關戲劇人物扮相和現場表演的諭旨，以觀其細其嚴。如：光緒五年宮戲開禁後，由於「遏密八音」時間過長，太監伶人有四年多不曾登臺，以致藝業荒疏，演技下降，舞臺管理也混亂無序。七月，昇平署兩次受到皇帝訓斥：「當差差務實實鬆懈，著總管首領著意排差管束」。

同年，太后有諭旨：「著總管排差管束。《迓福迎祥》判臉實是粗糙。《萬花獻瑞》馬得安不等尾聲完下場，懈怠。狄盛寶上場應穿皂靴，不應穿薄底靴。安進祿上場不准橫眉立目，賣野眼。王進福不准瞪場面人。傳與眾人等，穿皂靴開後口，釘鈕口。如有靴壞買方頭靴。李福貴此西蹺，不准此打蹺。著總管、首領、教習著實排差，如若不成式樣，佛爺親責不恕。」

光緒二十三年正月初二日，「高福喜傳旨，有崑腔軸子不准唱混塗了，如若再唱混塗了，主子降不是。」

光緒二十四年二月初四日，「慶貴傳旨，以後外班之戲要準時刻」。

光緒二十六年五月初六日，姚春恒傳旨，「以後遇有旗牌、將官、中軍之角應穿厚底靴穿厚底靴，應穿薄底穿薄底。」二十八年十月又提到「以後遇有神將，不准穿薄底靴」。

光緒三十年三月十一日，檔案記有「奉旨，著排《行圍得瑞》，曲子話白照准詞唱」。

九月二十二日，「李慶平傳旨，萬壽承差，裏外學人等彩鞋彩靴俱要齊整」。

光緒三十年九月二十日，總管奉旨：「老佛爺說內學人等上角沒有神氣，上下場好鬆走，不許跑。以後俱個提起神唱曲子，不准啊，如若不遵者，重責不饒。」三十一年五月初二日再次傳旨「以後有尾聲俱得唱」。

光緒三十三年三月初三日，「春喜奉旨，再唱升帳高臺之戲，添開門刀，多派龍套。」

從這些諭旨上，不難看出慈禧看戲是多麼的認真，演員的勾臉，戲裝，頭上戴的，腳下穿的，在臺上的一戳一站，一個眼神，一個唱腔，一句戲詞，一個尾聲；乃至底包龍套的彩褲彩鞋，全都不曾放過。有這樣一個「內行權威」把關，誰敢輕易逾越雷池一步。

（十六）優厚的獎勵和待遇

這裡，順便再說一些從清宮戲畫上看不到的事兒，就是帝后們對優秀伶人的褒獎從來是十分優厚的。這一層，對戲劇地位的提高和世人對名伶的崇拜，也起到至關重要的影響。

伶人在皇帝眼中是個什麼地位呢？是奴才，一點不假。但皇帝對伶人中的俊才，是頗為抬舉寵愛的。不僅給予榮譽，而且還給了多方面的關照。宮中的小太監一旦被選入南府、景山學戲，那簡直樂得發瘋。因為那裡吃的好、穿的好，如果學好了戲，更有機會得到皇帝的寵幸，一生的福祿盡在其中。

民間的伶人若能被召入宮中演戲，那也是求之不得的榮耀。清焦循《劇說》記有：「聖祖南巡，江蘇織造臣以寒香、妙觀諸部承應行宮，甚見嘉獎。每部中各選二、三人供奉內廷，命其教習上林法部」。這些供奉進入南府的待遇，絕對不遜於公卿。

另據嘉慶十六年的《檔案》記載：剛剛入選內廷的陳雙貴、顧雙福等八名小學伶人入學深造，年齡均在十二、三歲，擅演《拜月記》、《西廂記》、《長生殿》等戲。剛一入學，每人便得到了「綢面的羊皮袍褂、灰鼠皮袍、羊皮一裹圓（即斗篷）；羽緞、月白綢、紗褂褲乃至海龍皮領、水獺絨領，備式靴帽等五十餘套衣物。連棉襪、手巾、扇套、紅皮箱、銅面盆等一應俱全。外加每人一百兩白銀，製辦零星，添補零用」。不僅如此，昇平署還從南方接來他們的父母家眷，在京城安家落戶，以解後顧之憂。足見，宮中為培養一個唱戲的好苗子實是不惜工本。

據傳，道光帝居潛邸時，有外省督撫進給嘉慶帝三件貂褂，皇子旻寧（道光帝）看中欲得。誰想嘉慶帝竟把品相好的兩件賞給了景山外學兩位伶人，把最差的那件賜給了旻寧。旻寧心中大不快。

同光時期，京劇老生「後三鼎甲」的孫菊仙、譚鑫培和汪桂芬進宮承差。他們不僅有出入宮廷的自由，而且，還有優厚的月俸和高額的賞銀。梅巧玲因飾演蕭太后酷肖，曾得到「天子親呼胖巧玲」的恩寵。譚鑫培也得過「時尚黃腔喊似雷，當年崑弋話無媒」（見楊靜亭《都門雜詠》）的褒揚。後來進宮的王瑤卿，他因為不再「抱著肚子唱」，也得到慈禧太后的嘉獎。他與陳德霖、孫怡雲等人都受聘在宮中承差，外界皆稱著之為「供奉」。出場的包銀要比別人高出好幾倍，他們演的戲碼兒也身價倍增，不是壓軸就是大軸。

據《昇平署內檔》記載：「供奉每月食銀二兩，白米十口，公費制錢一

串」，每次承差還另有恩賞。好角兒如譚鑫培、孫菊仙、汪桂芬、陳德霖、余莊兒、楊小樓等每次得賞少則二十兩，多則五十兩。其他名角兒及場面亦有賞錢，或四兩或八兩不等，均遠高於供奉的「俸祿」。

慈禧一生賞賜過多少京戲名伶已難以統計，晚年慈禧出手更為大方。庚子之亂後，太后西安回鑾，一年裏為看戲賞出的銀子就多達三千三百兩。據《昇平署內檔》記載，光緒三十四年六月，慈禧在三天之內看了兩次《連營寨》，她給譚鑫培和楊小樓的賞銀第一次是二百六十四兩，第二次升至三百零四兩。

慈禧太后勅封的「供奉」稱謂，不僅提高了名伶的社會地位和身價，也為京劇確立了不可動搖的「國劇」地位。使得京都的王公大臣、富商巨賈也追逐雅意，趨之若鶩，如此眾星捧月，使得京劇如日中天。名伶經濟上的寬裕，也促使他們更加潛心鑽研藝術，這應該是京劇能在晚清迅速昇華的一個重要因素。從而，也造就了一批名震遐邇的戲劇大藝術家。

古代帝王鍾情戲劇的不乏其人，唐代的李隆基、南朝的陳後主、南唐的李後主、宋徽宗之類的帝王，他們愛看戲，還直接參與組織、編導戲劇。清順治、康熙、雍正、乾隆、嘉慶、道光、咸豐、同治、慈禧、光緒諸朝帝、后，較之前代周郎，似乎更勝一籌。

戲劇研究者都會說，中國的戲劇源自民間，是勞動人民聰明智慧的創造，這一命題無人否定。但歷代統治階級對戲劇的偏愛和提倡，對整體戲劇的發展所起到的推動作用，同樣不可忽視。古云：「上有好者，下必甚焉」，文學藝術、詩詞歌賦、音樂繪畫莫不如是。戲劇的發展、成熟和完美的過程也是如此。從這些精美的戲劇人物畫中，同樣可以得出這樣的結論。

十、《昇平署扮相譜》畫了多少齣戲

在目前發現的《昇平署扮相譜》中，一共繪有 85 齣戲，446 幅冊頁，447個戲劇人物。其中有十餘個人物，尚不清楚是哪一齣戲的角色，還有待細考。現將圖中存目和不難確認的戲目，依故事的年代順序錄之如下：

商周：《渭水河》。

春秋：《慶陽圖》、《善寶莊》、《捧琴》。

戰國：《戰樊城》、《長亭會》、《文昭關》，《魚藏劍》。

秦漢：《取滎陽》、《十面》、《斬魏豹》、《蟒臺》、《斬經堂》。

三國：《取南陽》、《借趙雲》、《反西涼》、《打曹豹》、《定軍山》、《陽平關》、《瓦口關》、《鳳鳴關》、《失街亭》、《空城計》、《觀山》。

兩晉：《黑水國》。

隋唐：《南陽關》、《賈家樓》、《胭脂虎》、《訴功》、《賣馬》、《斷密澗》、《鎖五龍》、《御果園》、《白壁關》、《三檔》、《汾河灣》、《金馬門》、《打金枝》、《四傑村》，《遊六殿》。

五代：《牧馬圈》、《太平橋》，《沙陀國》，《回獵》、《三擊掌》。

兩宋：《高平關》、《竹林記》，《碰碑》、《清官冊》、《五臺》、《三岔口》、《青龍棍》、《四郎探母》、《洪洋洞》、《黑風帕》、《掃雪》、《鬧江州》、《偷雞》、《探莊》、《蜈蚣嶺》、《雙賣藝》、《豔陽樓》、《青楓嶺》、《鎮潭州》、《玉玲瓏》、《瓊林宴》、《釣金龜》、《烏盆記》、《鍘美案》、《七俠五義》、《普天樂》。

明代：《胭脂雪》、《打嚴嵩》、《玉堂春》。

清代：《英雄會》、《九龍杯》、《蔡天化》、《惡虎村》、《連環套》、《八臘廟》、《霸王莊》、《落馬湖》。

神話：《寶蓮燈》、《泗州城》、《百草山》。

十一、《昇平署扮相譜》美玉之瑕

筆者在研究《昇平署扮相譜》的繪畫之時，發現在部分冊頁上，劇名和角色的稱謂有不少白字和錯訛，這不能不說是美玉之瑕了。造成這種錯訛的原因很多。一種是有意為之的，另一種則是無意造成的。

先說有意為之的，便是規避宮中的忌諱。例如《牧羊卷》一劇，原出自古寫本《牧羊寶卷》一書。寫的是五代殘唐時期，西涼節度使黃龍造反，朱春登代叔從軍。朱春登嬸母欲謀占家財，指使內侄宋成在途中加害春登。宋氏則將趙錦棠婆媳二人趕到山裏放羊，要將她們凍餓而死。因為戲中的「羊」字有犯聖諱，宮中寫字人為了避諱，有意將《牧羊卷》改寫為《牧馬卷》。這是因為慈禧皇太后屬羊，宮中上下人等一向諱談「羊」字。這一層，在王瑤卿的《回憶錄》中亦有記述。他說「當年進宮演戲，第一要注意宮中的忌諱，哪些話不能說，哪些字不能唱，都要牢記在心。例如，老太后屬羊。那麼唱《玉堂春》時，絕對不能唱那句〈羊入虎口有去無還〉。要是犯了忌，讓太后聽見，哪可就真的有去無還了。於是，我就將這句改為〈魚兒落網有去無還〉了。」此外，《蟒臺》一劇，寫字人將之寫成《莽臺》，則是無意而為的大白字了。

　　還有一種原因，是昇平署的太監和管戲的教習，大多沒有文化。即使識字，也識字不多。所以，他們向「扮相譜」冊頁上題寫戲名和角色名的寫手就表述不清了。而畫院處的寫手大多是南方人，雖然能寫會畫，但不一定懂戲。而且，他們在宮中也很少有看戲的機會，對戲文和戲曲故事也相當漠生。這兩方面因素湊在一起，只能辯音猜字，就寫出不少白字、別字和錯字了。這都是無意之中造成錯誤，白玉微瑕亦無可厚非。筆者在本節中，對「扮相譜」冊頁上的錯訛之處，一一標出，並進行了修訂，以供研究者參考。

　　《慶陽圖》中的李虎，應為李廣。

　　《戰樊城》中的烏成黑，應為武成黑。

　　《定軍山》中的閻燕，應為嚴顏。

　　《南陽關》中的武雲昭，應為武武雲召。于文成都，應為宇文成都。

　　《賈家樓》中的王伯黨，應為王伯當。

　　《胭脂虎》中的石忠玉，應為石中玉。

　　《四傑村》中的於千，應為余千。濮天棚，應為濮天鵬。包賜安，應為鮑士安。廖西仲，應為廖西龍。

　　《遊六殿》中的富羅卜，應為傅羅卜。

　　《太平橋》中的卞宜隨應為卞金隨。師敬思應為史敬思。

　　《三岔口》中的琉璃滑，應為劉利華。

　　《青龍棍》中的二排風，應為楊排風。

　　《四郎探母》中的月華公主，應是鐵鏡公主。

　　《四傑村》中的洛紅勳，應為駱宏勳。

　　《豔陽樓》中的青任，應是秦仁

　　《落馬湖》應為《駱馬湖》

　　《鎮潭州》中的紀青，應為狄青。

　　《普天樂》中的閻槎柵，應為閻查散。

　　《鍘美案》中的金香蓮應為秦香蓮，金哥東妹，應為冬哥春妹。

　　《打嚴嵩》中的常寶通，應為常寶童。

　　《惡虎村》中的濮天刁，應為濮天雕。濮天球，應為濮天虬。

　　《寶蓮燈》中的秦燥，應為秦燦。

　　《泗州城》中的拏嗟，應為哪吒。

　　《百草山》中的雇路，應為鈷鏪。磨天在，應為摩天在。拏嗟，應為哪吒。

下卷 《昇平署扮相譜》圖錄與劇目

商　周

《渭水河》

[說戲]

《渭水河》是連臺本戲《封神榜》中的一折，也叫《文王訪賢》或《八百八年》，是清代宮廷經常演出的大型劇目之一。

故事講，周文王姬昌夜夢飛熊入帳，愕然驚醒，次日召見近臣散宜生解夢。散宜生說：這是君王求賢若渴之兆，王欲得賢臣輔佐，可親往山林訪求。

文王依言，帶著太子和文武重臣一起出獵渭濱訪賢。途中遇釋犯武吉，詢其為何不去伏罪投案。武吉向文王述說渭濱有一漁父，曾教他避脫之法。文王問漁父名子。武吉告其姓姜名尚，道號飛熊，年老才高，素諳韜略。文王聞之大喜，且其道號恰與夢中相合，乃令武吉引路前往拜會。當他們行人來到渭水之濱，果見姜尚童顏鶴髮，悠然垂釣溪旁，神態甚為閒適。文王向他詢以政事，姜尚縱橫議論，如數家珍。文王驚歎不已，視為奇人，即親自請其上車，自推車轂，載姜尚回京，拜為上相，執掌大印。武吉也封為先鋒，相佐軍事。

文王薨後，武王繼位。姜尚輔佐武王會師伐紂，取得大勝。從此，開啟了周代八百餘年的天下。

《渭水河》之姜子牙

《渭水河》之文王

《渭水河》之散宜生

《渭水河》之武吉

《渭水河》之太子甲　　　　　《渭水河》之太子乙

春　秋

《慶陽圖》

[說戲]

《慶陽圖》的故事出自春秋時期，周厲王姬胡因為地方叛亂，命令大將李廣、李剛帶兵前去征討。二人掃平了叛軍，得勝回朝時，周厲王封李廣為王，封李剛為侯。

慶功宴上，李剛傲然誇官，誤將國舅馬蘭的金冠碰落在地。馬蘭大怒，責其傲慢失禮。李剛則嘲笑他倚仗裙帶得官，並且動手打了馬蘭，眾人惶恐，宴會不歡而散。馬蘭懷恨在心，向妹妹馬妃進了讒言。兄妹二人訂下計策，乘厲王酒醉，誣告李廣與楊皇后之間有曖昧之情。厲王聞之大怒，命馬蘭監斬李廣。楊皇后得知衝上殿來，逼迫厲王下詔赦免李廣。馬蘭故意矯旨，斬了李廣。

李剛聞報大驚，率兵殺回京師，斬了馬蘭。嚇得厲王緊閉宮門，躲入後宮。李剛緊緊圍住皇城，誓要報仇。楊皇后出面，綁縛馬妃出城，李剛斬了馬妃，這才收兵回府。

劇中寫的是春秋故事，但劇情無史考證。西漢有一李廣，南宋有一李剛，但時代各異，與劇本情節殊屬不類。明顯，這齣戲乃舊時藝人拼湊之作。先有秦腔《斬李廣》，後來改成二簧《慶陽圖》。因此戲後半部與《上天台》、《斬黃袍》頗相似，又缺乏精彩唱段，演出的人越來越少。民國之後，此劇近乎失傳。

《慶陽圖》之李剛

《慶陽圖》之李廣（虎）

《善寶莊》

［說戲］

《善寶莊》又名《接骨換筋》，故事寫莊子成仙之後，雲遊四海，放浪形骸。一日行經曠野，見一死人軀殼，五臟六腑皆被豺狼食盡。莊子憐其屍骸，施展法術，拘來一隻黃狗。將其肚腹剖開，取出臟腑，納入死人軀殼之中，並且壓以符籙。同時，就地用泥塊捏成一付臟腑，納入黃狗軀殼。一切停當之後，念以咒語，人狗均得復活。

原來的屍身本係大名府人氏，名叫張聰。日前去威縣收賬，回家途中，被強盜殺死，並且搶去財物，棄屍荒郊。此番再生，因被易為禽獸臟腑，人性大改，不僅不知感恩，反而以怨報德，誣衊莊子為盜，向其索要財物。莊子一時有口難辯，被張聰扭至縣衙控告。縣官白儉盤問再三，難明真相。張聰矢口不移，指實莊子殺人越貨，請求用刑。以至莊子大怒，用陰陽扇將張聰煽倒在地，張聰頓時化為一堆白骨。

白儉目睹了堂上發生的一切，因而悟道，遂拜莊子為師，掛印棄官，負笈從遊。後來修成正果，名列仙籍。此劇又名《度白儉》。

《善寶莊》之白儉

《善寶莊》之莊子

《摔琴》

［說戲］

《摔琴》這齣戲最初名叫《馬鞍山》，也叫《知音得友》。

演的是春秋時代，晉國大夫俞伯牙出使楚國，行經馬鞍山下，面對秋山秋水，撫琴自娛，得遇山林樵夫鍾子期。子期精通音律，喜得知己，二人結為兄弟。別時約定，次年中秋再在此地相會。

次年，俞伯牙如約攜琴來訪，得遇子期之父鍾元譜，告知鍾子期已生病故去。伯牙十分悲痛，親至墓前哭祭，以為從此知音已絕，當即摔碎瑤琴，以報知音。從此，留得千古佳話。

這齣戲的前半部分可以單獨演出，名為《聽琴》或《知音會》。後半部也可以單獨演出，名為《撫琴訪友》或《馬鞍山》，是一齣老生應工的骨子老戲。有些研究者認為，此劇為清代名伶孫菊仙首創，並把這齣戲作為「孫派」的代表作。但從這幀圖畫來看，此劇出現應該早於孫菊仙之前，宮中便有演出。

《摔琴》之俞伯牙

《摔琴》之鍾元譜

戰　國

《戰樊城》

[說戲]

《鼎盛春秋》是一齣連臺大戲，也叫《全本伍子胥》。其中包括《戰樊城》、《長亭會》、《文昭關》、《浣紗記》、《魚腸劍》等戲。既可以連著上演，也可以分幾折單獨演出。每一齣都精彩可觀。

《戰樊城》是全劇的頭一折，寫的是戰國時期，楚國的宰相伍奢為人耿直，因為楚平王荒淫無道，父納子妻，伍奢在金殿上直言諫阻，平王對他十分怨恨。佞臣費無忌得此機會，屢屢進讒，陷害伍奢。平王盛怒之下，將伍奢下獄，意欲殺害。費無忌以伍奢尚有二子，一名伍尚，一名伍員，擁兵自重，鎮守樊城。而且，伍員能征善戰，有舉鼎之力，若不根除，將來必遭後患。因此，要殊殺伍奢，必須斬草除根，一網打盡。平王依計，誘逼伍奢在獄中修書，謊稱二子守城有功，聖上招二子還朝封賞，加官進爵。費無忌得書後，命親信敖絳士冒充伍府門客前往樊城下書。

伍尚、伍員得書後，見信中隱有「逃走」二字，伍尚將信將疑，欲遵命還朝，伍員力阻不可，言其還朝必然凶多吉少。繼而兄弟議定，伍尚回京以全忠孝，伍員依舊留守樊城，如若有變，當可復仇。及至伍尚回到京城，果然與父同遭殺害。費無極見伍員抗命不歸，急忙派遣大將武成黑，率兵包圍樊城，捕殺伍員。武成黑被伍員一箭射傷，大驚而退。伍員隻身逃脫，滿懷仇恨投奔吳國借兵去了。

《戰樊城》又稱《殺府逃國》，全戲人物眾多，這組戲劇畫中的人物保存齊全，是一組很有價值的戲劇史料。

《戰樊城》之伍子胥

《戰樊城》之費無忌

《戰樊城》之伍夫人

《戰樊城》之伍尚

《戰樊城》之伍奢

《戰樊城》之武成黑

《戰樊城》之家將

《長亭會》

[說戲]

《長亭會》是緊接著《戰樊城》之後的一折戲。既可以分為兩齣戲來演，也可以作為《戰樊城》一齣戲連續演出。

故事講伍員（子胥）隻身逃出樊城之後，唯恐武成黑追趕，把自己的戰袍掛在江邊，做出自溺身死的假象，以疑追兵。然後，隻身繼續向東南逃去。當伍員正在倉皇奔走之時，忽見前邊有大隊楚兵走了過來，伍員心中甚是驚疑。既而得悉，這行人馬乃是至友申包胥催貢還朝，心中方始安定。伍員竊想，申包胥是自己幼年好友，諒必不會加害，便主動上前拜見，伍、申二人長亭相會。

伍員向申包胥直告冤情，痛陳平王不道之罪。並且信誓旦旦地說，他日誓必借兵以圖報復。申包胥聞言，力勸不可，他認為「君父失德，萬無報復之理」。伍員堅持不允，二人各持己見。申包胥深憐伍員的不幸，臨別時，申包胥與伍員相約：「他日子能覆楚，吾必復楚。各盡其力，各行其志。」言罷，情緒激昂，對楚國的一片赤誠形之於色。但又念及舊交，遂放伍員離去。伍員亦深感包胥之德。

這齣戲亦名《伍申會》。

《長亭會》之申包胥

《昭關》

[說戲]

《昭關》也叫《一夜白鬚》。寫伍員逃出樊城之後，隻身行至昭關，因為關前有畫圖緝拿，難以越過。被隱士東皋公收容，藏在他家的後花園內暫避。奈何一連七天毫無辦法，伍員又急又愁，轉瞬鬚髮皆白。東皋公有一友人名叫皇甫訥，與伍員的相貌十分相似。於是，東皋公心生一計，以束相邀，請他與伍員互換衣服。翌日，皇甫訥先去扣關，因其面貌與畫圖相似，被關督米南凹拿住。皇甫訥百般剖白，關督亦不相信。在擾攘混亂之間，伍員混出昭關。隨後，東皋公去拜見關督米南凹，說明被捕者並非伍員，乃是自己的至友皇甫訥。米南凹頓釋，遂將皇甫訥放出。

這齣戲也叫《文昭關》，為的是區別另一齣戲《武昭關》。《武昭關》也是描寫伍員逃國的故事。是寫伍員從楚國逃出之後，趕到宋國，找到了正在宋國避難的太子建，擬從長計議。不巧宋國發生了內亂，伍子胥又帶著太子建一家人逃到鄭國，想請鄭國國君幫他們報仇。可是，鄭定公沒有同意。太子建報仇心切，竟勾結鄭國的一些大臣，擬遞奪鄭定公的兵權。不想陰謀敗露，鄭定公一怒殺死公子建。伍子胥保公子建之妻馬昭儀母子逃出鄭國。鄭國大將卞莊率兵追趕，將他們圍困在禪宇寺中。馬昭儀託孤伍員，自己投井自殺。伍員保護孤兒突出重圍，逃往吳國。

這個故事與全部《伍子胥》並不銜接。伍員在這齣戲中，也要換三次鬚口，但與《文昭關》單行。補白於此，以為說明。

《昭關》之東皋公　　　　　　　　《昭關》之伍員

《昭關》之皇甫納　　　　　　　　《昭關》之米南凹

《魚藏劍》

［說戲］

舊日,《戰樊城》、《長亭會》、《文昭關》、《浣紗記》、《魚藏劍》、《刺王僚》等戲,經常是連續演出,總名為《全部伍子胥》,又名《鼎盛春秋》。

前邊我們講了伍員逃出了昭關,行至一地,面前一條大江相阻,僥倖遇有漁人相助,將其渡過江去。伍員以寶劍相贈,並叮囑漁人千萬不可洩露。漁人一時語哽,無法作答,便投江自盡而死。伍員渡江後,飢餓乏食,遇到一位三十未嫁的浣紗女正在溪邊浣紗。伍員向其乞食,女慨然相贈,伍員亦囑其萬勿洩露,浣紗女以為受辱,遂投江明志。這兩段故事分別稱為《蘆丈人》和《浣紗記》。

伍員逃至吳國,與孝義雙全的豪傑專諸結拜為兄弟。吳國公子姬光本應當繼承王位,奈何,堂兄姬僚仗勢弄權、自立為王。姬光為求復位,聞知伍員有勇多謀,遂將在其收為幕僚。伍員向姬光薦舉專諸相助,三人定下魚腹藏劍之計。姬光請姬僚過府飲宴,專諸扮成廚伕,借獻魚之機刺死姬僚。專諸亦被護兵當場殺死。伍員幫助姬光奪得王位,姬光遂借兵給伍員,助其攻打楚國復仇。

《魚藏劍》亦稱《刺王僚》。

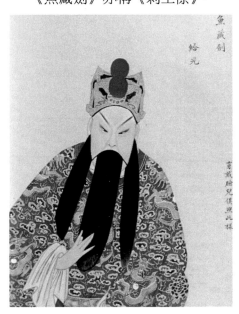 

《魚藏劍》之姬(給)光　　　　　　　　《魚藏劍》之王僚

《魚藏劍》之伍子胥　　　　　《魚藏劍》之專諸

秦　漢

《取滎陽》

［說戲］

傳統戲中，涉及霸王項羽的戲很多。但是，到了清代末年，舞臺上僅留有《鴻門宴》、《取滎陽》、《十面》等三、四齣。後來，出現的《霸王別姬》，是清逸居士根據明代沈采編的《千金記》傳奇改編而成的，在早期宮廷戲中並無此劇。

《取滎陽》的故事是寫秦代末年，項羽、劉邦逐鹿中原，爭奪帝業。劉邦先入關中，應當稱王；項羽背約，矯義聖旨，三分關中之地。從此，楚漢爭戰不止，雙方勢不兩立。

一年，劉邦屯守滎陽，項羽以重兵圍攻。劉邦請和，項羽聽信亞父范增之言，堅決不許，滎陽危在旦夕。張良請諸將赴宴，廳中懸掛一幅「彭車父代齊頃公受縛」的圖畫，以激諸將之心。將中有一紀信，相貌酷似劉邦，慷慨自願請代劉邦出降，張良嘉許不已。屆時，紀信扮作漢王，開東門受降，矇騙項羽。及項羽明白了其中有詐，劉邦早已扮成小兵，遠遠逃去。項羽大怒，遂將紀信燒死。自此，劉邦走成皋，收關中，成就帝業。

從王大錯編纂的《戲考》來看，全劇共分四場，只演到劉邦與紀信灑淚而別即止。全劇以老生和花臉的對唱為主，唱詞允長，唱功吃重。故而內行人說：「此劇之不多見，大約因難得功力悉敵之人配合之故耳。」

《取滎陽》之陳平

.《取滎陽》之劉邦

《取滎陽》之遂和

《取滎陽》之項羽

《取滎陽》之紀信

《取滎陽》之張良

《十面》

［說戲］

《十面》即《十面埋伏》，原本是一首古代流傳甚廣的琵琶曲。樂曲描寫楚漢相爭，在垓下決一死戰的情景。漢軍用十面埋伏的陣法擊敗楚軍，逼得項羽自刎烏江，劉邦取得了最終的勝利。

清初《四照堂集》就記載了琵琶演奏家湯應演奏《楚漢》時的情景：「當其兩軍決戰時，聲動天地，屋瓦若飛墜。徐而察之，有金鼓聲、劍弩聲、人馬聲⋯⋯使聞者始而奮，繼而恐，涕泣無從也。其感人如此。」

清內廷曾編寫連臺本戲《楚漢春秋》，其中包含《十面》一折。至於《十面》有否虞姬舞劍和虞姬自刎的情節，不得而知。但從戲劇人物畫來推測，似乎只有兩軍爭戰之事，並無旦角出現。其結構與曲譜相近，分為「列營」、「點將」、「排陣」、「雞鳴山小戰」、「九里山大戰」、「項王敗陣」和「烏江自刎」等折，依序演來。

而《霸王別姬》這齣戲，則是清末民初編劇家清逸居士編寫的。最初由楊小樓、尚小雲合作演出。又經梅蘭芳和楊小樓加工磨合，把一對古代英雄美人悲壯慘烈的訣別場面，演釋得婉轉悱惻、刻骨銘心，鑄成一曲千古絕唱，一直傳演至今。此戲亦名《九里山》、《楚漢爭》或《亡烏江》。

《十面》之韓信

《十面》之霸王

《斬魏豹》

[說戲]

　　秦國滅魏之後，魏豹之兄魏咎被廢，魏咎投奔到陳勝的麾下為將。周市攻得魏地，前後派去五次使者請立魏咎為王。陳勝應允，魏咎復位。章邯打敗陳勝後，攻打魏國。周市與齊楚援兵救魏，但被章邯擊敗，周市戰死，魏咎自殺。

　　魏豹逃出，投奔楚懷王，從楚國借得兵馬，重新收復魏地，攻下二十多城，自立為王。後來，他追隨項羽入關，項羽封魏豹為西魏王。

　　劉邦平定三秦以後，從臨晉渡過黃河，魏豹又投靠西蜀，將魏國歸屬劉邦。隨後，率兵東擊項羽於彭城，劉邦戰敗，退回到滎陽。於是，魏豹斷絕河津，又反叛了劉邦，重投項羽。劉邦請酈食其前去說服魏豹，魏豹不聽，藉故離開滎陽，封杜河津。劉邦命韓信攻取魏地，魏豹大敗被俘。劉邦恐其再反，遂將其斬殺。

　　此劇，自民國起已無人上演，原本已佚。

《斬魏豹》之魏豹

《莽臺》

［說戲］

《莽臺》的故事見於《東漢演義》及《賜繡旗》傳奇，是一齣京劇傳統劇目。劇情描寫西漢末年，王莽篡位，劉秀興兵討伐，拜鄧禹為帥，攻打洛陽。鄧禹深知洛陽防守嚴密，守帥蘇獻善於用兵，便決定用計攻取。

在派兵遣將時，鄧禹採用「激將法」，使馬武與岑彭相爭。鄧禹故意不用馬武，只命岑彭出兵，還故意誇讚岑彭武藝高強，此戰必勝。且命馬武準備羊羹美酒，為岑彭慶功。馬武心生妒嫉，拒不受命，氣極鬧帳。鄧禹以違令之罪斬之，逼得劉秀出面講情，才寬恕了馬武。

結果岑彭戰敗，馬武置酒諷刺岑彭、鄧禹。鄧禹大怒，將馬武責打四十軍棍，趕出大營。馬武難忍怨氣，回太行山落草為寇，中途借機詐降蘇獻。蘇獻得知鄧軍內哄，便信以為真，大開城門迎接馬武進城。誰知鄧禹早已派了杜茂、岑彭、銚期、吳漢等人率兵埋伏城下。借蘇獻開門之際，一起殺進洛陽，斬了蘇獻，奪回城池。劉秀、鄧禹為馬武慶功，馬武始知這是鄧禹所用的激將之計。

王莽勢衰，命邳彤守郿陽關，自建白蟒臺隱避。臺成之日，又殺工匠以滅其口。邳彤戰敗，降了劉秀。經一工匠出首，王莽終被擒，綁至雲臺觀斬之。

這齣戲的人物眾多，但此戲繪畫中只剩有鄧禹、銚期兩幀畫像。其中鄧禹一幀係筆者從上世紀民國 14 年 10 月 25 日晨報社發行的《晨報》集得，印刷質量不佳，但史料性很強，特刊於此存證。

《莽臺》之鄧禹

《莽臺》之銚期（姚其）

《斬經堂》

［說戲］

《斬經堂》亦名《吳漢殺妻》，故事描寫漢朝末年王莽篡位以後，將自己的女兒南寧公主王蘭英許配吳漢為妻，並且命令吳漢鎮守關中要塞潼關。

劉秀起兵復國，被吳漢擒獲；吳漢稟知母親甯氏。甯氏命吳漢放走劉秀，且告訴他，王莽是個謀篡王位的亂臣賊子，也是吳家的仇人。早年間，吳漢的父親在朝為官時，因揭發王莽有謀篡野心，被王莽獻讒殺害。後來，舉家隱姓埋名側身王莽麾下，並娶了王莽的女兒王蘭英做媳婦。而今，報仇之日已到，甯氏命他殺死媳婦王蘭英，投奔劉秀，一起反莽。

吳漢是一個孝子，也是一個好丈夫，他與蘭英感情甚篤，但在母親的嚴命之下，無可奈何地手持寶劍來到經堂。其妻王蘭英驚問情由，吳漢哭泣以告，二人相擁大慟。蘭英求生不得，乃奪劍自刎。吳母聞知，也毅然自盡，以勵吳漢反莽決心。彼時，吳漢見妻、母俱喪，全無牽掛，乃橫下一條心，火焚府第，帶領人馬投奔劉秀而去。

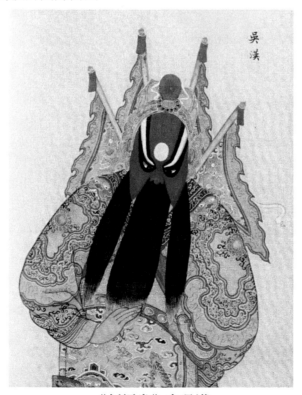

《斬經堂》之吳漢

三　國

《取南陽》

［說戲］

　　根據《後漢書》的記載，中平六年（189年），董卓廢了漢少帝劉辯，立陳留王劉協為帝，史稱漢獻帝。不久董卓又鴆殺了何太后劉辨母子，專制朝政。引起各地群雄不滿，長沙太守孫堅起兵反董。他先是逼死了荊州刺史王睿，而後在袁術的支持下，以不給糧草給養為名，處決了南陽太守張諮。劉巴的父親劉祥，跟孫堅交往過密，上司王睿之死，跟他有說不清道不明的關係。張諮雖然遇害，但是張諮在南陽頗得人心，雖然南陽百姓軍民打不過孫堅，但他們在殷鳳的率領之下，攻打江夏太守劉祥。劉祥原本以為這只是群「烏合之眾」，於是領兵對壘，沒想到全軍覆沒，劉祥也死在亂軍之中。因為此戲場次拖累、缺少精彩，後來幾乎無人演出。

《取南陽》之劉祥

《取南陽》之殷鳳

《借雲》

[說戲]

《借雲》一名《一將難求》，故事出《三國演義》第十一回，「劉皇叔北海救孔融」一節。

曹操攻奪徐州，徐州牧陶謙向劉備求助救兵，劉備意欲前往救助，但自知力量單薄、寡不敵眾，因而又向公孫瓚處借兵。因為，劉備曾在磐河大戰時見過趙雲，十分驍勇善戰，賞識已久，故而指名借助。

公孫瓚慨然應允，令趙雲隨同劉備一同前往，並且撥與三千馬步兵相助。劉備歸後，待趙雲敬如上賓。張飛心中不服，屢屢出言輕慢。幸而劉備從中斡旋，一再道歉，勸趙雲勿介介於心，方得兩安。

此時，曹操令典韋前來討戰，張飛出戰，不敵典韋，大敗而歸。趙雲不忍坐視，逕自出馬與典韋對陣。一戰下來，只有幾個回合即將典韋殺敗。張飛這才自愧不及，從此敬佩趙雲不置。

《借趙雲》之劉備　　　　　　　《借趙雲》之公孫瓚

《借趙雲》之趙雲

《借趙雲》之張飛

《借趙雲》之典韋

《借趙雲》之中軍

《反西涼》

［說戲］

《反西涼》又名《戰潼關》、《割袍斷鬚》，故事出自《三國演義》第五十八回《馬孟起興兵雪恨，曹阿瞞割鬚棄袍》。

曹操懼怕劉備勢力強大，擬進兵攻打，又恐怕西涼馬騰來襲。於是，矯旨誘騙馬騰進駐許都，曹操暗伏兵馬，將馬騰抓住斬首。馬超逃回，告知馬岱。馬岱大怒，起兵滅曹，西涼太守韓遂帶兵相助，復仇之師，勢如破竹，一舉攻下長安。曹操大驚，忙命曹洪、徐晃帶兵協助鍾繇堅守潼關。無奈，曹洪性急出戰，被馬超殺敗，潼關失守。

及至曹操大兵趕到，馬超神勇無比，一連殺敗曹營多員上將，且將曹操圍住。慌得曹操割袍斷鬚，狼狽逃竄。馬超追殺曹操，一時性急，一槍刺在樹上，曹操僥倖逃生。

《反西涼》之曹操

《反西涼》之曹洪

《反西涼》之龐德　　　　　　　《反西涼》之馬騰

《反西涼》之太守　　　　　　　《反西涼》之馬夫

《反西涼》之馬岱　　　　　　《反西涼》之爵宜

《反西涼》之許渚

《反西涼》之曹（姜）仁

《反西涼》之馬超

《打曹豹》

[說戲]

《打曹豹》亦名《失徐州》，出自《三國演義》第十四回「曹孟德移駕幸許都　呂奉先乘夜襲徐郡」。

故事寫劉備帶兵討伐袁術，留下張飛鎮守徐州，行前再三叮囑他，不可飲酒誤事。別後，張飛依舊設宴，宴請百官赴席。席間張飛號召眾官飲酒，盡此一醉，言道明日都要戒酒，練兵守城。隨後起身親自與眾官把盞。酒至曹豹面前，曹豹堅辭不飲，說自己從來不能飲酒。張飛則強迫其飲，曹豹乃以女婿呂布之名相挾。張飛大怒，酒性發作，怒道：「你堅持不飲還則罷了，還借呂布傲我，我要打你！打你便是打呂布！」諸人勸阻不住，遂當眾將曹豹鞭笞五十。酒席不歡而散。

曹豹深恨張飛，連夜修書一封，備說張飛無禮，徑投呂布。並告知劉備已往淮南，今夜可乘張飛酒醉，引兵來襲。呂布見書後心存疑慮，便請陳宮來議，陳宮對此深為贊許。呂布隨即披掛上馬，率領兵馬進襲徐州。張飛此時酒醉未醒，不能力戰，遂倉皇棄城而逃。

《打曹豹》之曹豹

《定軍山》

［說戲］

《定軍山》的故事取材於《三國演義》第七十回，《猛張飛智取瓦口隘，老黃忠計奪天蕩山》。寫曹操率大軍蕩平漢中後，派遣大將夏侯淵、張郃等人鎮守定軍山和天蕩山隘口。曹操帶兵繼續攻打重鎮葭萌關。劉備趁曹操立足未穩，親自率兵進軍漢中。蜀將黃忠年事已高，仍老當益壯，向諸葛亮討令拒敵。並一鼓作氣，打退敵將張郃，佔領天蕩山。接著奮勇追擊，一心要奪取定軍山。經法正指點，黃忠先奪得定軍山以西的擋箭牌山，而後踞高臨下，勢如破竹地殺向曹將夏侯淵的大營。夏侯淵毫無防備，措手不及，被黃忠一刀腰斬馬下，一舉奪得定軍山。因之，這齣戲亦叫《一戰成功》。

《定軍山》是著名的京劇泰斗譚鑫培的代表作品，在清代末年就很受時人喜愛，時常被慈禧太后召入宮內獻演。1905 年，在琉璃廠開照相館的任景豐，於譚鑫培六十大壽的時候，為他拍攝了電影，以為祝賀。彼時的攝影機尚自固定不動，譚鑫培在鏡頭前表演，共拍下「請纓」、「舞刀」、「交鋒」的幾個片段，共計三本。上映後，觀眾十分踊躍。京劇《定軍山》是國人自己攝製的第一部無聲影片，可惜拷貝未能存留下來。

《定軍山》之劉備　　　　　　　　《定軍山》之劉封

《定軍山》之諸葛亮

《定軍山》之黃忠

《定軍山》之嚴顏（閻燕）

《定軍山》之夏侯尚

《定軍山》之夏侯淵

《定軍山》之夏侯霸

《陽平關》

[說戲]

當曹操得知蜀將黃忠在定軍山刀劈大將夏侯淵之後，勃然大怒，親率重兵來至陽平關報仇。因糧草不足，將米倉山存糧移屯北山。諸葛亮聞報，意欲派遣大將切斷曹兵糧道。黃忠邀功心切，在慶功宴上堅持討令。趙雲唯恐其連戰勞倦，遭遇閃失，欲代其前往。黃忠老而彌堅，全然不聽勸阻，堅決前往。諸葛亮交付令箭之後，又囑趙雲攜兵跟隨，伺機相助。

黃忠一時大意，果然在焚糧之後，曹軍蜂擁而至，將其困於陣中。幸而諸葛亮派遣趙雲來援，殺退曹兵，助得黃忠突圍而歸。故事見《三國演義》第七十一回《占對山黃忠逸待勞，據漢水趙雲寡勝眾》。

《陽平關》之曹操

《陽平關》之夏侯惇

《陽平關》之黃忠

《陽平關》之張郃

《陽平關》之龐德

《陽平關》之孔明

《陽平關》之劉備

《陽平關》之劉封

《陽平關》之曹仁

《陽平關》之夏侯霸

《陽平關》之趙雲

《陽平關》之馬岱

《陽平關》之曹智

《瓦口關》

［說戲］

　　張飛討令攻取瓦口關，劉備和諸葛亮怕他酗酒誤事，命他戒酒。把守瓦口關的魏將張郃戰不過張飛，乃堅守不出。張飛使軍士辱罵，並終日聚飲以示輕敵。張郃終不出戰。張飛的部下將他違令飲酒的情形密報諸葛亮。諸葛亮測知其意，反命大將魏延押送美酒給張飛。張飛得到魏延的援軍，乃定計命部下假作怨恨離心，以誘張郃。張郃果然中計，率兵偷襲，大敗。這時劉備、諸葛亮親率大軍已到關前，乘虛佔領瓦口關。

《瓦口關》之張郃　　　　　　　　《瓦口關》之魏延

《瓦口關》之許褚　　　　　　　《瓦口關》之趙雲

《瓦口關》之黃忠

《鳳鳴關》

［說戲］

《鳳鳴關》是一出京劇的骨子老戲，在《清宮恩賞檔》的記載中，此劇是同治年常演的劇目，亦名《斬五將》。

故事出自《三國演義》第九十二回《趙子龍力斬五將，諸葛亮智取三城》。故事講諸葛亮率兵，初出祁山伐魏。趙雲老當益壯，爭當先鋒。諸葛亮以其年紀高邁，不能上陣的話語相激。趙雲執拗不服，在帳中自己歷數戰功，從長阪坡救阿斗、過江招親、截江奪斗，一直數到陽平關、火燒連營。其中種種功勞，好不驕人。

諸葛亮見他意志堅決，有勇可賈，便順勢發令，鼓勵向前。趙雲果然意氣風發、寶刀不老，率兵來至鳳鳴關，力斬魏軍大將韓德父子五人，取得大勝。

這齣戲中，趙雲使用的不是槍，而是大刀，有一套十分別致精彩的大刀把子，是其他戲中從來沒有出現過的。

《鳳鳴關》之趙子龍　　　　　　　《鳳鳴關》之韓德

《鳳鳴關》之諸葛亮

《鳳鳴關》之鄧芝

《鳳鳴關》之韓龍

《鳳鳴關》之韓虎

《鳳鳴關》之韓豹　　　　　　　《鳳鳴關》之韓彪

《失街亭》

［說戲］

故事出自《三國演義》第九十五回《馬謖拒諫失街亭，武侯彈琴退仲達》。

諸葛亮聞知魏國起用司馬懿為帥，深知街亭為漢中咽喉要地，需派大將駐守，馬謖請令前往。行前，諸葛亮再三叮囑他不可輕敵，須靠山近水安營紮寨，並且指派王平輔佐。馬謖為人剛愎自用，不聽諸葛叮囑，違背軍令，又不聽王平諫言，竟在山頂紮營。因而，被魏將張郃所敗，至使街亭失守。馬謖追悔莫及，只得隨王平回營請罪。

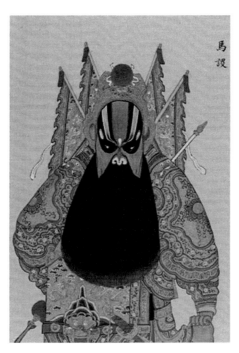

《失街亭》之馬謖

《失街亭》之王平

《空城計》

［說戲］

《空城計》是一齣膾炙人口的傳統戲，故事見於《三國演義》第九十五回《馬謖拒諫失街亭，武侯彈琴退仲達》。

諸葛亮因錯用馬謖，失掉戰略要地街亭。魏將司馬懿乘勢引大軍十五萬向西城殺來，諸葛亮身邊沒有兵將，所帶領的五千軍隊，也有一半搬運糧草去了，身邊只剩一些老弱殘兵守城。然而，面對虎狼之師，諸葛亮穩如泰山，絲毫不慌不亂。命士兵把城門打開，只派些老軍灑掃街道。諸葛亮則帶領兩個小書童，坐在城頭上飲酒撫琴。

司馬懿帶兵至此，見到西城這般光景，反而擔心中計，不敢貿然進城。且命大軍將前隊改為後隊，撤退三十餘里。他的兒子司馬昭說：「莫非是諸葛亮家中無兵，所以故意弄出這個樣子來？您為什麼要退兵呢？」司馬懿說：「諸葛亮一生謹慎，不曾冒險。現在城門大開，裏面必有埋伏，我軍如果進去，正好中了他的計策。還是快快撤退吧！」於是，各路兵馬都退了回去。待其醒悟之後，再次前來奪城之時，蜀國大將趙雲已帶兵趕來護城。

《空城計》之司馬懿

《空城計》之司馬師　　　　　　《空城計》之司馬昭

《空城計》之諸葛亮　　　　　　《空城計》之老軍

《觀山》

[說戲]

　　故事見於《三國演義》第一百零九回《諸葛亮姜維率蜀軍伐中原，困魏將司馬師於鐵籠山》。寫諸葛亮死後，姜維受任蜀漢大將軍，為實現諸葛亮未盡之業，起兵漢中，屯兵鐵籠山，以圖再攻祁山，向中原進發。姜維在鐵籠山修築城堡、地道，山前設營盤、中軍帳，拉開張弓之勢，等待魏軍前來交戰。同時出兵二百，使用木牛流馬，運送糧草，以誘敵出巢。司馬昭不知是計，派徐質率兵五千前來偷襲，斷其糧道。蜀兵乘機棄糧而逃。徐質率兵追趕，被蜀兵重重包圍，殺下馬來。接著，蜀兵又換上魏裝，賺開魏軍營門，放火燒營。魏軍大亂，欲逃無路，被逼上了鐵籠山，司馬昭亦被困在山上。蜀軍斷其水路，魏軍死傷不計其數。司馬昭仰天長歎：「吾死於此也」。此時，幸好得到王韜一計，親自上山拜泉，泉水湧出，才救了全軍性命。

　　姜維在山下茫然不知，以金帛結好羌王迷當，約其發兵助戰，以圖全殲魏軍。不想羌王貪圖小利而逕自降魏，並且暗率魏兵往見姜維。姜維蒙在鼓中，對此坦然不疑，全部迎入帳中。不料叛賊一哄而起，殺個悴不提防。姜維急忙跨馬逃逸，腰間只有一弓。郭淮從後追趕，姜維拽弓作聲，接連十餘次，並無一箭發出。郭淮知其無箭，遂拔箭以射。姜維用手接箭，且以此箭回射，郭淮應弦而倒，姜維得以逃脫而去。

《觀山》之姜維　　　　　　　　　　　《觀山》之將官

兩　晉

《黑水國》

[說戲]

古黑水國位於陝西張掖附近，相傳西漢以前匈奴移居這裡，劃疆為小月氏國。因當地人稱匈奴為「黑匈」，故稱為「黑水國」。

這齣戲的故事寫西晉時，黑水國的酋長石勒造反，擾亂中原。庶民鄧伯道攜弟婦金氏和一子一姪，欲投奔潼關守將金榮成那裡避難。不料中途被亂兵衝散，只餘子姪相隨。鄧伯道年事已高，子姪弱小，不能行路，只好由鄧伯道輪番背負前行。鄧伯道在背自己兒子時，姪子便在一旁號泣；背負姪子時，則兒子又啼哭不止，因之左右為難，無法行走。慨然歎道：「弟死婦亡，若此孤姪不保，何以面對死去的兄弟。」於是，決意拋棄自己的兒子，帶著姪子逃走。

恰好路過桑園，鄧伯道便扶兒子上樹摘採桑椹，然後，用腰帶將兒子縛於樹上。咬破自己的手指，寫了一封血書，放置在兒子的懷裏，負姪含淚而去。恰巧，被沖散的弟婦金氏經過桑園，見到姪兒被綁在樹上，急忙將其救下來，攜帶他奔至潼關。在金榮成府中，一家乃得團聚。

這齣戲亦名《桑園寄子》，主演為鄧伯道和金氏，還有兩個小孩兒。但是，在這組繪畫中，偏偏沒有他們的畫像，只有兩幀不重要角色的肖像，一位是造反的石勒，另一位是潼關守將金榮城。

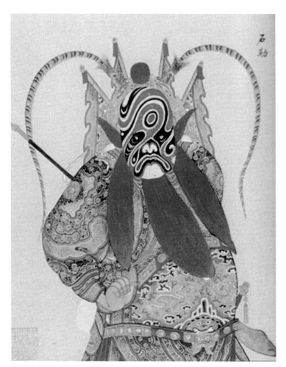

《黑水國》之石勒

《黑水國》之金榮成

隋　唐

《南陽關》

[說戲]

隋朝楊廣稱帝以後，殘害開國功臣，大將伍建章被無故賜死。楊廣知其子伍雲召能征善戰，擁兵南陽。為了斬草除根，他派遣大將韓擒虎率兵前往征討。伍雲召得知父親冤死，悲憤不已，踞城抗爭。韓擒虎久攻不克，難再堅持。宇文化及又差遣其子宇文成都率兵前去助攻。伍雲召自知敵擋不過，難免滅族之禍，其妻懸樑自盡，伍雲召抱子棄城，突圍而逃。宇文成都窮追不捨，途中，雲召遇見好友朱燦。朱燦同情雲召的不幸，遂將雲召父子藏於關帝廟中，自己扮成周倉模樣依門而立，作顯聖狀。嚇得宇文成都匆匆而退，就此救得雲召父子。朱燦為了幫助雲召輕身逃遁，再圖復仇，便收養伍雲召之子為義子。遂令雲召投奔好友雄闊海處借兵去了。

故事見於《說唐演義》第十五回。

《南陽關》之伍雲召

《南陽關》之朱燦

《南陽關》之宇文成都

《南陽關》之伍保

《南陽關》之韓擒虎

《南陽關》之韓氏

《取滎陽》之麻叔謀（馬盛莫）

《取滎陽》之尚師徒

《汾河灣》

［說戲］

《汾河灣》的劇情基本上依據《征東全傳》第四十一回。它的主要情節是，唐初名將薛仁貴投軍後，妻子柳迎春生子薛丁山。丁山長大後因家貧而每日打雁養親。一日，薛仁貴富貴還鄉，行至汾河灣，正好遇到丁山打雁，由於丁山箭法精熟而引起仁貴的讚歎。這時，突有猛虎竄至，仁貴怕虎傷人，急發袖箭，不料誤傷丁山。仁貴遂倉皇逃去，到寒窯和柳迎春相會，歷述別後情景。忽然仁貴發現床下男鞋而疑迎春不貞，經柳說明為子所穿，即欲見子，始知方才誤傷致命的就是己子丁山，夫妻悲傷不已，哭著奔向了汾河灣。

《汾河灣》之薛仁貴　　　　　　　　　《汾河灣》之柳氏

《訴功》

［說戲］

《訴功》亦稱《秦瓊訴功》，是一齣由文武老生應功，唱做並重的戲，現已失傳，無人演出了。

故事描寫隋唐時期，秦瓊因事得罪了靠山王楊林，獲罪被捕。楊林命李淵監斬秦瓊，李淵不解內情，奉命施行。

秦瓊在李淵面前詳述舊日戰功，並且談到當年曾在臨潼山前搭救過李淵

一事。李淵聞之，恍然大悟，方知自己受難之時，曾得到秦瓊的救助，只是當初並未留下姓名，不得相識。今日得會，百般感激。君子知恩必報，遂不惜違令，釋放秦瓊逃走。二人相約，後會有期。

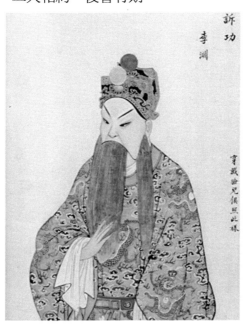

《訴功》之李淵

《訴功》之秦瓊

《御果園》

[說戲]

秦王李世民，欲進兵洛陽，捉拿王世充。適遇端午佳節，停兵一日，秦王乃與徐茂公入御果園遊玩。單雄信正在洛陽城上望見之，乃戎裝出城。徐茂公情急，大呼求救。時尉遲恭赤身在澗內洗馬，即策馬往救。秦王大喜，奏聞高祖，論功行賞。殷王李建成與齊王李元吉讒之，謂為虛構。秦王乃奏請試演之。時值臘月寒天，尉遲恭以李靖所贈丹藥服之，身如火焚，汗如雨下，仍赤身洗馬於澗內。高祖命秦王與徐茂公遊園，又令李建成與李元吉傳命王雲，扮單雄信追殺秦王。正在危急之時，尉遲恭趕至，將王雲打死。並將李建成、李元吉擊斃鞭下。

《御果園》之秦叔寶　　　　《御果園》之尉遲（氏）敬德

《御果園》之黑氏夫人

《御果園》之白氏夫人

《賈家樓》

［說戲］

《賈家樓》，一名：《三十六友》。寫隋末群雄並起，各據一方，半皆唐代凌煙閣功臣，彼時均未得志，尚多作綠林豪客。程咬金，曾投尤俊達門下。尤俊達本係富豪，廣結天下英雄，甚相投契。程咬金感情既深，無以為報，一日帶領尤俊達莊丁多人，在長驛嶺射獵。適有解餉官，壓餉銀十萬兩，程咬金頗羨之，擬劫銀兩獻之。即領眾莊丁，蜂擁而上，將銀兩劫去。是時官兵無多，紛紛逃竄，內有膽大者，詢及賊夥姓名，程咬金即告以「俊達、咬金，我二人，係此處山主，你等敢再胡言，定行結果你等性命。」眾皆鼠竄，入城報官。值靠山王楊林聞之大怒，即令捕頭秦瓊緝捕。秦瓊與諸綠林均相善，明知係程咬金所為，故意延緩，屢屢逾限，終未破案。後程咬金自行投首被獲，而徐績、魏徵等人設計救之，竟保無恙。

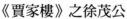

《賈家樓》之徐茂公　　　　　　　　《賈家樓》之酒保

《賈家樓》之侯君吉

《賈家樓》之魯明月

《賈家樓》之童環

《賈家樓》之王俊可

《賈家樓》之牛經達

《賈家樓》之程咬金

《賈家樓》之羅成

《賈家樓》之單雄信

《賈家樓》之秦瓊

《賈家樓》之柴紹（少）

《賈家樓》之王伯當（百黨）

《賈家樓》之羅明興

《賈家樓》之薛銀鐙　　　　　　《賈家樓》之李公然

《賈家樓》之金甲　　　　　　《賈家樓》之史大奈

《千秋嶺》

［說戲］

唐代初年，唐王李世民部將當中大多數都是瓦崗寨中的盟友，只有尉遲敬德一人不是徐茂公、秦瓊等人的舊交，因此在軍中頗受歧視。彼時王世充盤踞洛陽，李世民率部征討，兩軍相持於千秋嶺下。王世充的部將羅成，原本也是瓦崗盟友之一，武藝高強，勇猛善戰。徐茂公知其利害，非一般猛將可以與其對陣。於是，便用言語相激，促使尉遲敬德出戰。尉遲傲慢輕敵，未及幾個回合，便被羅成殺得只有招架之功，全無回手之力。尉遲敬德苦戰不勝，無面目回營。徐茂公看明情形，鳴金收兵。尉遲敬德歸營之後，眾將嘲笑不已。

嗣後，徐茂公親自出馬，與羅成敘及舊誼，感動羅成易幟投唐。李世民對其倍加禮遇。尉遲敬德心中不服，酒席宴間，為爭座位與眾將失和，一時性起，憤而欲去。李世民好言勸慰，屈膝排解，尉遲敬德方與眾人言歸於好，大家歡宴而罷。

《千秋嶺》之李世民

《千秋嶺》之羅成

《千秋嶺》之徐茂公

《千秋嶺》之秦瓊

《千秋嶺》之程咬金

《千秋嶺》之尉遲敬德

《白壁關》

[說戲]

白壁關是個地名，在今山西省孝義市附近，乃古代兵家必爭之地。

京劇《白壁關》，出自《隋唐演義》第九十七回《白壁關三鞭換兩鐧，棋盤山一截十萬糧》一節。演的是，隋唐時山西軍閥劉武周據地一方，自立為王，任用尉遲敬德為先鋒，與李世民在白壁關前相峙。李世民受到程咬金的慫恿，二人夜探白壁關。被守將尉遲敬德發覺，縱馬前來擒拿。程咬金不敵，遺李世民於虎口，自己回營搬兵。秦瓊聞報大驚，飛馬跳澗，前往救援，從尉遲敬德的槍下救出李世民。尉遲敬德不饒，與秦瓊比試臂力。尉遲敬德力打秦瓊三鞭，皆被秦瓊接住；秦瓊回擊尉遲敬德兩鐧，尉遲敬德被震得吐血而退。李世民愛惜勇將，不忍見其被傷，便鳴金收兵而去。

李世民多次恩遇尉遲敬德，勸其歸降。尉遲敬德最終答應，只要劉武周死了，他便歸唐。李世民求賢心切，又不能馬上擒殺劉武周，便殺了一個酷似劉武周的人。將人頭送與尉遲敬德，尉遲敬德未能辨出真假，便歸降了李世民。

《白壁關》之李世民　　　　　　《白壁關》之程咬金

《白壁關》之尉（于）遲敬德

《白壁關》之秦瓊

《斷密澗》

[說戲]

隋末群雄並起，紛紛割據為王，最初以瓦崗寨起義軍最俱實力。李密主政之後，人心離叛，群雄大多投唐，瓦崗軍軍心患散，面臨失敗。李密勢力日漸孤單，只有王伯黨一人相佐。此時，王伯黨見李密兵微將寡，數度被困，料知大勢已去，遂勸李密降唐。

李密唯恐唐不接納，反受其辱。先使王伯當往探聽李世民的意向。李淵父子知悉李密已有降意，十分歡喜，許以王爵，並賜河陽公主與李密為妻。王伯黨回覆李密後，李密大喜過望，遂與王伯當一起投唐。途中，恰遇李世民在郊外打圍，二人拾得李世民射死的一隻大雁，藉此晉見。李世民遂引二人同見其父，李淵厚待李密，俱踐前約。

但是，李密終以寄人籬下委屈自己，不若獨樹一幟。如此悔念一萌，叛心頓起。一日，他在酒後與河陽公主商酌反叛之事。公主一力勸阻，李密一時性起，殺死了公主。王伯黨聞訊大驚，深怪李密做事孟浪，勸其從速逃走，自己護從同行。二人夤夜出城，相去不遠，李世民已率追兵殺至。李密行至斷密澗，身陷絕境，唯恐被擒受辱，遂拔劍自刎。

《斷密澗》之李密　　　　　　　《斷密澗》之唐太祖

《斷密澗》之河陽公主　　　　　　《斷密澗》之王伯當

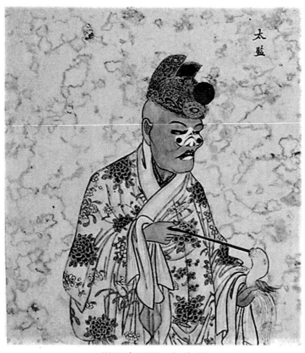

《斷密澗》之太監

《鎖五龍》

[說戲]

　　唐代秦王李世民伐鄭，鄭國王世充多次挫敗。王世充麾下大將單雄信不懼強兵，單人獨騎闖入唐營決一死戰，終於力不從心，被尉遲敬德恭擒住。李世民百般開導，勸其降唐。單雄信誓死不從。李世民在萬不得已的情況下，將其綁赴法場，以全其志。行刑前，瓦崗寨降唐舊友徐茂公、程咬金、羅成等人，一起趕來話別生祭，並且再次勸降。單雄信堅決不允，慷慨激昂，一一怒斥。最後，義無返顧的從容就義。

《鎖五龍》之唐王

《鎖五龍》之徐茂公

《鎖五龍》之單雄信

《鎖五龍》之程咬金

《鎖五龍》之羅成

《金馬門》

[說戲]

唐朝翰林學士李白，自從醉草嚇蠻書之後，名動公卿，京都之中大小官僚皆尊而敬之。李白更以酒仙自負，日於長安市上沽飲美酒，放浪形骸，既醉便眠宿酒家，完全不拘形跡。唐明皇深愛其才，時常召入禁中，賦詩陪宴。且命貴妃作羹，御手親調，賜以醒酒。撤御前金蓮燭，命力士送歸宅院，寵眷之深，無以復加。

李白狂放不羈，舉凡王宮貴戚皆不放入眼中。惟與賀知章相交莫逆，一日，二人同遊金馬門，恰好，范陽節度使安祿山在此經過，駒從煊赫，驕炎甚炙。安祿山巧言令色，圖謀不軌，攀附裙帶，拜貴妃為乾娘，且與之私通，勢焰薰天。朝中莫不側目，但皆敢怒而不敢言。李白素恨安祿山，遂命身旁書童歷數其惡，當場辱罵，毫無顧忌。安祿山心中憤恨，但又不敢與之計較，遂避道它往，見之者莫不掩口而笑。

《金馬門》之李白　　　　　　　《金馬門》之安祿山

《打金枝》

［說戲］

《打金枝》又名《滿床笏》，故事寫「安史之亂」後，唐代宗李豫將女兒升平公主下嫁平叛功臣汾陽王郭子儀的兒子郭暖為妻。公主自幼嬌生慣養，奢傲成性，郭府上下人等，莫不讓她三分。這天，郭府隆重慶賀郭子儀壽誕，闔家老少齊聚府上，給郭子儀拜壽。

惟獨升平公主自恃是皇家金枝玉葉，不去給公公拜壽。郭暖為此事受到兄嫂譏嘲，十分難堪。回宮後質問公主，公主不但不認錯，反而盛氣凌人，出言不遜。郭暖惱羞成怒，打了公主。公主當即跑到皇宮，向父母哭訴委曲。郭子儀感到緊張，帶著兒子到皇宮向代宗請罪。代宗夫婦並沒有怪罪郭家，反給郭暖加官晉級，並勸導小夫妻言歸於好。

《打金枝》之公主

《四傑村》

［說戲］

　　此劇的故事情節出自明代武俠小說《綠牡丹》。寫唐代武則天執政時期，惡霸兄弟朱氏龍、虎、熊、豹四人，他們在揚州一帶稱王稱霸，無惡不作，四傑村是他們的巢穴。早年，朱氏兄弟曾在平山堂擺設擂臺，賣弄武藝。被江湖英雄鮑士安、駱宏勳等人打敗。朱彪驕橫不服，無理糾纏，被鮑金花用腳踢瞎雙眼，從此，兩家結下仇恨。

　　恰巧，這一年駱宏勳被賀世賴誣為盜賊，被捕囚解進京。中途路過四傑村，朱氏兄弟要報前仇，用武力把駱宏勳劫入村中。駱宏勳的義僕余千，急欲前往營救，遇見頭陀蕭計。蕭計與駱宏勳素有交情，聽說之後，毛遂自薦，一同前去搭救。途中又與綠林好漢鮑士安、花振芳、濮天鵬、鮑金花諸人不期而遇。眾人一起趕至四傑村，但見村前弔橋已被抽去，無法進入莊內。頭陀蕭計便用了一副巨大的匾額，渡過眾家好漢。眾人殺入莊內，經過一場惡鬥，將朱氏兄弟盡數消滅，救出了駱宏勳。

　　這是一齣全行武戲，所有角色全部由武功演員飾演。武生、武淨、武旦、武丑，從頭到尾連場開打，熱鬧非凡。七十二般武藝盡出，滿臺翻、騰、跌、撲，使人目不暇接。同時，這齣戲在刻畫人物方面也堪稱一絕，唱、念、做、打極有看頭。開打的套子和道具也與眾不同，多有創新。舊日的演出中，舞臺天幕上還懸有檁子，演員在檁子上要做出一系列高難動作。後來，因為不慎釀出人命，政府曾一度明令禁演。

《四傑村》之駱洪勳

《四傑村》之余（于）千

《四傑村》之濮天鵰

《四傑村》之鮑自安（包賜安）

《四傑村》之鮑（包）金花

《四傑村》之花振芳

《四傑村》之花碧蓮

《四傑村》之廖西仲

《六殿》

[說戲]

《勸善金科》凡例寫道:《遊六殿》源出「《目蓮記》,《目蓮記》則本之大藏中《盂蘭盆經》。蓋西域大目犍邊事蹟,而假借為唐李季事,牽連及於顏魯公司農輩,義在談忠說孝。西天此土,前古後今,本同一揆,不必泥也。」由此可知,有關目連僧救母是以唐代為背景的故事。

故事寫,善人傅相濟孤扶貧,供佛成仙。其妻劉青提不敬神明,殺狗開葷。其夫病逝後,她怒焚佛經,觸怒上天神明,被打入酆都地獄受苦。其子傅羅卜孝母情真,不懼艱險前往西天懇求佛祖超度其母。佛祖念其孝義,准其皈依佛門,改名為大目犍連。目連去地獄尋母,遍經十殿,百折不回,終於感動神明,赦其母脫離地獄,最後實現了同昇天界的願望。

《新編目連救母勸善戲文》一經形成,便廣為流傳。明萬曆年間,由新安徽人黃鋌刻版,刊行於世,民間多有搬演。到了康熙年間,清宮依照鄭之珍劇本編撰了《勸善金科》。全劇宣揚因果報應、勸善懲惡。搬演此劇,目的在於以傳統道德教化臣民。《遊六殿》是全劇中的一折。

《六殿》之何志照　　　　　　　　《六殿》之傅(富)羅卜

五　代

《牧羊卷》

［說戲］

《牧羊卷》又名《朱痕記》，此劇取材於古寫本《牧羊寶卷》。清季為避慈禧太后屬性羊，而改稱《牧馬卷》。

劇情敘述殘唐時期，西涼節度使黃龍造反，朱春登代叔從軍。朱春登嬸母宋氏謀占長房的家財，內侄宋成則欲謀占朱春登的妻子趙錦棠。於是，假意伴送朱春登從軍，中途暗下毒手，加以謀害，但因故未果。宋成回來後，假說朱春登軍前戰死。宋氏遂逼趙錦棠改嫁宋成。趙錦棠不從，備受折磨。

宋氏將趙錦棠婆媳趕到山裏放羊，要將她婆媳在荒郊凍餓而死。朱春登被害未死，而且陣前立功，封侯歸來。報復前仇，殺死宋成。及詢問自己母親和妻子現在何處，宋氏說她二人生病已死。朱春登痛不欲生，夫到墳塋祭奠守墓，並開設粥棚，向窮人捨飯七天。恰好趙錦棠婆媳前來討飯，因飯時已過，向僕眾求得朱春登剩下的一碗殘飯。朱母一時心慌，誤把飯碗打碎。僕從責問聲疾，驚動了朱春登，遂將婆媳二人喚進廬中問話。因之夫妻得以相認，母子二人相逢。

此戲舊本只有《放飯團圓》一折，並無全本故事。直到 1927 年，程硯秋先生演出此戲時，才將它補成全本。

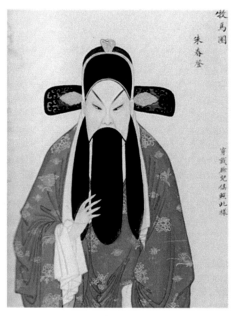

《牧羊卷》之朱春登

《牧羊卷》之趙錦棠（君堂）

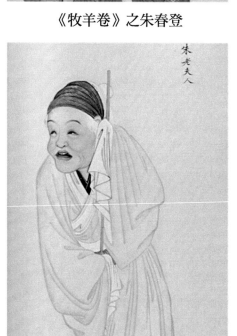

《牧羊卷》之朱老夫人

《牧羊卷》之中軍

《牧羊卷》之嬸娘

《牧羊卷》之朱春科

《回獵》

［說戲］

《回獵》一劇出自元代《白兔記》，故事講五代時，徐州李文奎見乞丐劉智遠相貌堂堂，氣概有異，料想他日必有作為。便將他收容在家，並將女兒三娘許配劉智遠為妻。文奎去世以後，兄嫂欺凌劉智遠夫婦，智遠不堪欺侮，決意前去投軍。

智遠走後，兄嫂百般欺侮三娘，迫使她在磨房分娩。三娘產子後，無人相助，自己咬斷臍帶，為兒取名咬臍郎。兄嫂又要溺死幼兒，忠厚的老家人將咬臍郎送到并州劉智遠處。其時，劉智遠屢立戰功，被長官岳勳招贅東床，咬臍郎由岳小姐撫養。

十六年後，咬臍郎長大成人，一日率眾行獵，箭中白兔。白兔帶箭逃走，咬臍郎一直追到沙陀村一口水井旁，見一位淒苦的婦人在井臺汲水。便主動詢問婦人身世。回家後稟告父親。劉智遠聞後，乃知三娘仍然活在人間，便把真相向咬臍郎說明，告知此婦人是其生母。咬臍郎聞之痛哭不已。岳夫人埋怨丈夫，既有前妻何不接來同住。劉智遠遂命咬臍郎帶兵去捉拿其兄嫂，自己親自迎接三娘。

《回獵》一折，演的是咬臍郎打獵回來，稟告其父劉智遠，講述他在出獵途中與一汲水婦人相遇時的情況。

《回獵》之劉智遠

《回獵》之咬臍郎

《擊掌》

［說戲］

後唐丞相王允生有三個女兒，大女嫁蘇龍，二女配魏虎，都是位居顯赫的大官。三女王寶釧，因父母過於溺愛，蒙皇帝恩准，在街頭高搭彩樓，拋球選婿。彩球恰好拋中花郎薛平貴，王允嫌貧愛富，悔卻前言，堅不允婚。王寶釧堅貞守義，力爭不果，遂與王允三擊掌，父女情絕出府。隨薛平貴困守寒窯，苦度光陰。

後來，薛平貴降服紅鬃烈馬，被唐王封為後軍督府。恰逢西涼作亂，平貴受王允參奏，改為先行。平西途中，魏虎將薛平貴灌醉，縛於馬上馱至敵營。西涼老王深愛平貴才貌，以代戰公主許配。西涼老王死後，代戰公主保平貴繼位。十八年後，薛平貴回唐探省，在武家坡前夫妻團聚。彼時王允篡位，興兵捉拿薛平貴。代戰公主帶兵前來保駕，擊敗王允之兵，薛平貴登基坐殿，王寶釧亦被封為正宮娘娘。

這是《紅鬃烈馬》的全劇故事，清季宮廷常做連臺本戲演出，《擊掌》是最前邊的一折。

《擊掌》之王允　　　　　　　《擊掌》之王寶釧

《胭脂虎》

[說戲]

《胭脂虎》又名《元帥牽馬》和《妓女擒賊》。

故事演後唐揚州妓女石中玉，因為不願意做皇帝的妃嬪，逃到會稽和軍營副將王行瑜訂了婚約。此事被元帥李景讓得知，將二人捉到帥府，責備石中玉不該引誘將官。石中玉侃侃申辯，歷數前代女傑慧眼識英雄的故事。使得李景讓更加發怒，下令將二人推出斬首。三軍同情石、王二人，人心不服，群情鼓噪。李景讓的母親恐生嘩變，急忙出面，赦免了二人，並責備李景讓糊塗，藉以穩定軍心。

這時，流寇龐勳率兵攻城，眾將不敵，李景讓惶惶無計。石中玉乃自告奮勇，願去殺敵退兵，但是提出要求，李景讓須認自己為義妹，還要親自與她扛刀牽馬。李景讓不得已，只好一一照辦。出陣之後，石中玉智用美色，使流寇龐勳失誤，將其擒於馬下。石中玉得勝回城，李母贊其為「胭脂虎」。

《胭脂虎》之周夫人

《胭脂虎》之石中（忠）玉

《胭脂虎》之鴇兒

《胭脂虎》之胭脂虎

《胭脂虎》之龐勳

《胭脂虎》之旗牌　　　　　　　《胭脂虎》之杜化

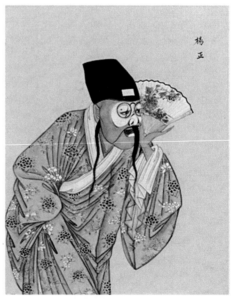

《胭脂虎》之馬英　　　　　　　《胭脂虎》之楊正

《胭脂虎》之節度　　　　　　　　《胭脂虎》之節青

《太平橋》

［說戲］

晉王李克用與梁王朱溫平素積有宿怨。一日，李克用巡視河南，朱溫命其弟朱義出面，邀請李克用到汴梁赴宴，伺機將其誅殺。周德威識破計謀，一力諫阻李克用不可前去。李克用則充耳不聽，偕部將史敬思欣然前往。

君臣一行來到汴梁，正待入席，朱溫託故轉入內室。朱溫之妻王鑾英原係皇室之女，朱溫隨同黃巢造反時，將她據為己有。王鑾英嫉恨朱溫謀篡之事，遂將朱溫設有埋伏，意欲謀害之計告知李克用。史敬思聞之大驚，力保李克用逃走。

朱溫得知事敗，用劍殺死王鑾英，率領眾將追趕。史敬思保護李克用逃至太平橋，不意伏兵四起，史敬思卒不提防，被梁將卞應遂刺傷肋腹。史敬思怒斬卞宜遂，裹傷再戰，終因寡不敵眾，自刎身死，李克用隻身而逃。中途幸遇李存孝押解糧草至此，於是打敗追兵，救助李克用回轉大營。朱溫畏懼李存孝之驍勇，便收兵不戰而回。

《太平橋》之老大王

《太平橋》之朱溫

《太平橋》之卞宜隨

《太平橋》之李存孝

《太平橋》之李廣

《太平橋》之旗牌郭義

《太平橋》之公主

《太平橋》之程敬思（師敬司）

《沙陀國》

［說戲］

《沙陀國》的故事出自《殘唐五代史演義》，描寫唐朝末年黃巢起義，唐僖宗逃到美良川，命大臣程敬思攜帶珠寶，前往沙陀國李克用處借兵，勸其前來勤王。

李克用原本西突厥人，隨父朱耶赤心立功佐唐，賜姓李，襲封晉王。後以功高震主，被僖宗貶還西陲，故心中常懷怨恨。程敬思解寶至沙陀搬兵，途經越虎嶺，為王天龍、王天虎弟兄所劫。程敬思無可為計，欲尋短見。恰好遇到李克用的長子，大太保李嗣源外出狩獵。於是向前相邀救助，李嗣源奪回了珠寶。二人一同晉見李克用，講明來意，主賓甚為歡洽。蓋因以前同朝時，李克用曾受程敬思保舉，二人本有交情。

李克用慨然應允發兵，但回身轉念，想起當年唐僖宗的薄待之事，便又毅然反悔，中止發兵。但一切禮物，照收無誤；出兵之事，一字不提，也不放敬思覆命。程敬思如同軟禁一樣，終日如坐針氈。程敬思結好大太保，知李克用懼內，遂由大太保運動二位皇娘出面掛帥，傳令發兵。反將李克用點為前站先行。並且故意提早點卯，使李克用誤卯，當場幾欲正法，以羞恥抑其驕傲。李克用也不敢倔強，任憑妻妾驅使。

迨其出兵行經珠簾寨，又遇周德威擋路。十一個太保皆不是周德威敵手。於是，李克用親自出馬迎敵，將周德威擒獲。

《沙陀國》之程敬思

《沙陀國》之李晉王

《沙陀國》之大皇娘

《沙陀國》之二皇娘

《沙陀國》之李嗣源

《沙陀國》之太監

兩 宋

《高平關》

[說戲]

　　五代末年，後周太祖去世，養子柴榮繼位，改元顯德，率兵攻打晉州高平關。高行周鎮守此關，兼有懷德、懷良二子，勇武異常，隨同守護，遠近皆很畏懼，不敢輕易進犯。柴榮率軍屢攻不克，軍師苗訓心生一計，他知道部將趙匡胤的父親與高行周素有親誼，就請柴榮將趙氏全家下獄，逼令趙匡胤攻打高平關。只有割取高行周的頭臚，方能贖救自家百口之眾。

　　高行周平素善天文蓍卜，這一日，夜觀星象，見己星已為客星所掩，料知趙氏一族必興，自身必亡。翌日，忽報趙匡胤率兵而來，高行周大驚失色，印證果然靈驗。遂令眾將大開城門迎接趙匡胤。二人見面之後，趙匡胤對他哭訴了來由，高行周聞知並無難色，反問趙匡胤如若遂願，將來如何報答。趙匡胤當即修寫書證，承諾將來一定厚待其子。高行周嫌回報太輕，將趙匡胤的書證拋擲於地。言道：高趙兩家原本世戚，如從你願，兩家必須聯姻，要將你的妹妹嫁與我的兒子，你還要娶我的女兒為妻，兩家結為姻親，自己方可獻城。趙匡胤當即應允，高行周乃公服自刎。趙匡胤割取了他的人頭，歸報柴榮，得以救出全家。所以，這齣戲也叫《借人頭》。

《高平關》之高懷德

《高平關》之趙匡胤

《高平關》之高懷亮

《高平關》之高行周

《竹林記》

［說戲］

《竹林記》又名《火燒余洪》，故事演妖道余洪率兵，將宋太祖趙匡胤圍困於壽州。高懷德出城交戰。余洪施展妖術，將高懷德擒下馬來，並且勸他投降。

懷德不從，余洪就用藥酒將他灌醉，誘使高懷德叛宋。懷德詞語失控，果然投降。

懷德之子高君保聞訊之後，怒不可遏，與妻子劉金定一起率兵殺至壽州，二人大戰余洪。劉金定武藝高強，余洪敵擋不過，欲騰空逃走，剛上雲頭，就被劉金定打將下來。余洪急忙鑽入竹林藏匿。劉金定尋之不著，便請出火神，縱火焚燒竹林。余洪被燒得焦頭爛額，丟盔卸甲，狼狽逃竄，大敗而去。

舊時演出中，劉金定是一個通神的女將，可以隨時搬請水神、火神、藥神助陣，是個不可戰勝的巾幗英雄。此劇以武打為主，火神出場後，要表演精彩絕倫的「火彩」，這是它劇所無的。

《竹林記》之劉金定　　　　　《竹林記》之余（于）洪

《竹林記》之趙太祖

《竹林記》之高懷德

《竹林記》之火神

《竹林記》之高君保

《碰碑》

[說戲]

《碰碑》，又名《李陵碑》，舊本演出時，因為帶有七郎延嗣被害後給楊老令公托兆的情節，所以也叫《托兆碰碑》。

這齣戲描寫宋代老將軍楊繼業在兩狼山，被北國蕭銀宗的軍隊圍困，因缺糧草，無力再戰。楊七郎延嗣奉父命回雁門關搬請援兵，姦臣潘洪心懷舊怨，不但不予發兵，反而公報私仇，將七郎綁在芭蕉樹下亂箭射死。

楊繼業困在重圍，久等不見七郎音信，心中惴惴不安。是夜，夢見楊七郎一身箭傷，前來哭訴。楊繼業大驚而醒，又命六郎延昭衝出重圍，再去打探。但是，六郎一去，仍然杳如黃鶴。楊繼業盼兵不到，盼子不歸，內無糧草，外無救兵，只得殺馬充饑、燒篷取暖。在飢寒交迫之中，以身殉國，絕望地碰死在李陵碑下。

歷史上的楊繼業，是在戰場上不幸被俘絕食而死的。編劇出於對楊家將的崇敬，特意安排了碰碑這一情節，增加了老英雄捐軀報國的忠勇悲壯。

《李陵碑》之楊繼業

《李陵碑》之楊景

《李陵碑》之扛刀老卒　　　　　　《李陵碑》之掌弓老卒

《清官冊》

[說戲]

《清官冊》又名《審潘洪》或《夜審潘洪》)。

劇情是寫，宋王與番邦在金沙灘會盟，中了番邦之計，害得楊家將無端慘敗，潰不成軍，父離子散，血流疆場。楊大郎替宋王廢命，楊二郎死於沙場，楊三郎被亂軍馬踏喪命，楊四郎、楊八郎失散番邦，楊五郎在五臺山出家，楊七郎被亂箭射死。楊繼業被困兩狼，頭觸李陵碑自盡身亡。這一切都是姦臣潘洪挾嫌報復，蓄意謀害所至。

楊六郎延昭單槍匹馬衝出亂陣，得以苟全。回朝後，狀告潘洪裏通外國，陷害楊家將等十大罪狀。潘洪被捉拿至京，下獄待審。劉御史因受潘洪之女潘妃的賄賂，蓄意偏袒潘洪，久審不決。八賢王惱其不正，用金鐧將他打死。聞得霞谷縣令寇準為官清廉，便用金牌將寇準連夜調往京師，官升三級，擢升為御史，命他複審潘洪。

潘妃對寇準又行賄賂，被寇準拒絕並將此事揭發，告知了八賢王。八賢王讚賞寇準所為，甘當寇準的後盾。在潘洪傲慢狡賴、拒不招供的時候，二人定計，假設陰曹地府，十殿閻羅，夜審潘洪。潘洪在陰曹鬼怪的恐嚇之下，膽怯心驚，吐露了實情，當堂認罪畫押，楊家冤案始得昭雪。

《清官冊》之八千歲

《清官冊》之寇準

《清官冊》之潘洪

《五臺》

［說戲］

五臺山位於山西東北部五臺縣境內，山有五峰聳立，高出雲表，山頂平廣，狀如幽壘，陰崖存有萬年不化之冰，夏日清涼，向有「清涼山」之稱。據史料記載，春秋末期，晉國大夫趙無恤在北嶽恒山狩獵，看到五臺山方向有「紫雲之瑞」，遂入山尋訪，曾遇聖人。道教經典《仙經》中有此記述。五臺山居佛教四大名山之首。據說，金沙灘一戰，楊家將死傷慘重。五郎延德被亂軍衝散，看破紅塵，就在五臺山上出家為僧了。

這齣戲演的是，楊繼業死後，遺骨被番邦存於北國的昊天塔內，有番兵日夜看守。楊繼業託夢楊六郎，囑其設法取回骸骨，歸葬原籍。楊六郎隻身進入北國，深入昊天塔內，盜取了遺骨。途經五臺山，夜宿廟中，恰遇其兄五郎延德自山下歸來。二人久別，已不相識，經過互相盤詢，方始相認。

此時，北國大將韓昌率領番兵追來。楊五郎將韓昌誘入寺中，將其擒獲，為父報了仇恨。隨後，二人一起殺退了番兵。兄弟二人依依惜別，互告珍重。

《五臺》之楊延昭　　　　　　　《五臺》之楊延德

《五臺》之韓昌

《五臺》之長老

《三岔口》

［說戲］

《三岔口》又名《焦贊發配》。故事出自《楊家將演義》第二十七回。演的是楊六郎延昭的部將焦贊，因為打死奸臣謝廷芳，被發配沙門海島。由於路途遙遠，楊延昭唯恐奸人途中加害焦贊，就派遣部將任堂惠暗中保護。行至中州三岔口，焦贊一行投宿店中，任堂惠尾隨其後，也入店求宿。

店主劉利華夫婦為人仗義，好打不平，他們欲救焦贊脫險。但見任堂惠形跡可疑，誤認為他是加害焦贊的刺客。遂決定午夜時分，趁任堂惠不備，加以殺害。是夜，劉利華潛入室內行刺。奈何任堂惠亦早有防備，二人在暗室之中展開一場激烈的爭鬥，直到天明，彼此不分勝負。晨曦之時，二人終於認清各自身份，得以盡釋前嫌。劉利華之妻殺死了兩名解差，三人一同救出了焦贊。

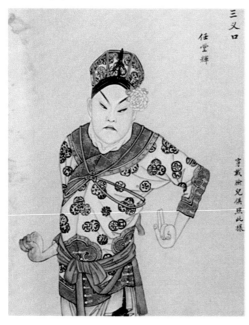

《三岔口》之任堂惠（輝）　　　　《三岔口》之劉利華（琉璃滑）

《三岔口》之焦贊

《三岔口》之刁氏

《青龍棍》

［說戲］

在清故宮昇平署鼓詞抄本中有《小掃北》一折，寫的就是《青龍棍》的故事。講得是北宋末年，楊家將的七郎八虎相繼故去，楊府的雄風日漸減弱。天波府中只有佘太君、穆桂英等女將們支撐。府中有個燒火的丫環名叫楊排風，平日喜好拳棒，練就一身好武藝。一日，丫環小月、春蘭、秋紅等告知天波楊府的後花園中出現了妖怪，遂把楊排風引至花園。果然，花園中出現了一條青龍，向排風張牙舞爪地撲來。排風不怕，上前與之格鬥。青龍不敵排風，並被排風打倒。青龍化為人形，言稱自己奉了上天之命，來至人間，助排風抗遼。當即變成一條青龍棍，成為楊排風得心應手的武器。

此時邊關吃緊，皇帝命楊門女將上陣禦敵。老太君百歲掛帥，楊排風被封為先鋒。她手持青龍棍衝鋒陷陣，破敵兵，打韓昌，無往不勝。

因為此劇的迷信成分很重，在尚小雲重排此劇時，改為丫環小月假扮青龍，欲恫嚇楊排風。後被排風識破，小月摘下偽裝，現出真相。排風並不計較她們的惡作劇，大家談笑言歸與好。

《青龍棍》之青龍　　　　　《青龍棍》之楊排風（二排風）

《四郎探母》

［說戲］

《四郎探母》亦稱《探母回令》。寫楊繼業的四子楊延輝，回營探母的故事。

宋代，漢、遼兩國在金沙灘歷經一場大戰，雖然遼軍大敗，但楊家將也損失慘重，七郎八虎和數萬兵丁，死傷殆盡。四郎楊延輝在陣中被俘，改名木易，以求苟全。蕭太后見其生得儀表堂堂，文武全才，便招為駙馬，把鐵鏡公主下嫁與他。夫妻二人十分恩愛，還生下了一個小阿哥。

十五年後，楊延輝聽說漢、遼兩國在雁門關前再次會戰。而且，老母親和六弟楊延昭帶兵到此，心中萬分激動，決心過營探望母親。四郎求得公主幫助，從蕭太后處騙取了令箭，連夜出關。途中，被巡營的楊宗保擒獲，押入宋營。在軍營大帳之中與母親、兄弟姐妹以及髮妻含淚相見，彼此哭訴多年的分別之苦。但時間緊迫，更漏急催，四郎與眾人只得灑淚而別。

延輝剛入雁門關，又被番兵拿下，押至銀安殿前。蕭太后盛怒之下，一心要斬延輝。經過鐵鏡公主的苦苦哀求和兩個國舅的輪番勸諫，楊四郎才被赦免。蕭太后命其鎮守邊關，戴罪立功。

此劇源自徽劇，後經程長庚移植改編為京劇，在同光年間就已成型，時常被調入宮內上演。《清宮檔案》載，慈禧太后和光緒皇帝都愛看此劇。梅巧玲飾演的蕭太后，還贏得了「天子親呼胖巧玲」之譽。

《四郎探母》之佘太君

《四郎探母》之楊四郎　　　　　《四郎探母》之鐵鏡（月華）公主

《四郎探母》之楊六郎　　　　　《四郎探母》之楊宗保

《洪洋洞》

[說戲]

《洪洋洞》一劇，亦名《孟良盜骨》，又名《三星歸位》。

故事講，六郎楊延昭打聽得父親楊繼業死後，屍骨被遼國存放在北國洪
羊洞內。於是，命孟良前往盜取屍骨。不想，焦贊不服，暗自跟隨孟良來到洪
洋洞中。孟良誤以為是敵將跟來，猛然用斧一劈，誤將焦贊砍死。孟發現後，
哀痛不已。於是，將楊繼業和焦贊二人的遺骨，一同交付守洞的老兵陳宣，
囑其送回宋營覆命，自己亦在洞前自盡。

彼時，楊六郎正在病中，驚聞惡耗，悲痛萬分，哀極嘔血，病勢愈重。知
道自己將不久於人世，遂與八賢王和母親佘太君、八姐九妹和髮妻柴郡主，
依依訣別，含恨而死。

《洪洋洞》之楊景

《洪洋洞》之孟良

《洪洋洞》之焦贊

《洪洋洞》之陳宣

《洪洋洞》之佘太君

《洪洋洞》之柴氏

《洪洋洞》之八千歲

《洪洋洞》之楊宗保

《黑風帕》

［說戲］

《黑風帕》也叫《牧虎關》，故事情節出自小說《楊家將》。講的是大宋年間，忠勇善戰的楊家父子被奸臣潘仁美所害。部將高旺，憤恨權臣，便輕棄妻子張蘭英，獨自一人出關隱遁。

數年後，天堂六國叛變了宋室，佘太君掛帥率兵征剿。太君派遣楊八姐女扮男裝，搬請高旺回國助戰。高旺應允，一行人來到牧虎關前，守關的人卻是高旺的妻子張蘭英。高旺不知，叫關挑戰。其子張保和他的媳婦也不許他過關，並使用黑風帕將高旺困住。但是，黑風帕被高旺所破。戰鬥中，高旺見女將嬝嬝婷婷十分美麗，忽發狂態，以遊詞戲弄，媳婦抱慚而回。當高旺殺抵關下，看到城上站著一位白髮婆娑的老嫗在直呼己名，心中十分詫異。上前詢問，才知道原來是自己的結髮老妻。

最終，張蘭英迎高旺和八姐進關。老夫老妻多年闊別，一旦聚首，悲喜交集。當即喚出兒子和媳婦堂前來見。高旺一見自己的媳婦，對陣前的失態萬分慚愧，高旺的老妻只得從中說笑調解。

《黑風帕》之公主

《黑風帕》之高旺

《黑風帕》之老夫人　　　　　　　《黑風帕》之張保

《掃雪》

[說戲]

《掃雪》，又稱《掃雪打碗》，是傳統戲《鐵蓮花》中的一折。

故事講，宋朝有個叫周子忠的人，老而無子，髮妻早故。抱養了胞侄劉定生為嗣，愛如己出。後來，他續娶了丑氏為妻，丑氏過門時，帶來了一個親生的兒子名叫寶柱。丑氏與寶柱生性愚蠢悍毒，二人視定生如眼中釘、肉中刺，總想設法害死定生，以圖全份家產。

一日周子忠外出，丑氏母子設計虐待定生。其時天降大雪，丑氏命定生赤身掃雪。被周子忠看見，怒極責問丑氏，並命丑氏為定生做飯。丑氏在廚房內將飯碗燒紅，遞與定生。定生被燙，失手將碗摔碎。丑氏隨即進行挑唆。定生怕受責罰，從後門逃走。周子忠追出，尋得定生。又見他雙手燙爛，心甚悲痛。於是，攜定生回家，要與丑氏決裂。丑氏又與寶柱設下毒計，當晚用鐵蓮花將周子忠害死。然後嫁禍定生，以絕其根。包拯審理此案，用計察明口供，使得真相大白，丑氏被判死刑。

　　這齣戲出自《賢良寶卷》，因情節曲折，分上下兩本來演。上本稱《生死板》，也叫《掃雪打碗》。第二本為包公過陰，周子忠死而復活，因為情節荒誕，很少演出。

《掃雪》之周員外

《掃雪》之丑氏

《掃雪》之保柱

《掃雪》之定生

《鬧江州》

［說戲］

《鬧江州》又名《李逵奪魚》。故事出於《水滸傳》第三十八回《及時雨會神行太保・黑旋風鬥浪裏白條》。

宋江在烏龍院殺死閻婆惜，投案自首，被判充軍，發配江州。到了江州之後，遇見故友神行太保戴宗，向其細訴了案情原委，並託付關照。彼時戴宗在江州縣衙任職，乃邀請宋江與二位解差酒樓敘舊。時逢江州縣衙獄卒黑旋風李逵也到酒樓飲酒。李逵素聞宋江義名，便逕自闖席拜會。見席間少魚，便去市中買魚佐酒。當他來至潯陽江畔，見浪裏白條張順的漁船靠岸。李逵向前騙買，並強行登舟，奪魚便走。張順向他索償，李逵拒付。兩人齟齬動武，李逵被張順誑至江中淹溺，幾乎斃命。危急之際，宋江等人尋聲趕來，喝止二人，互為引見。李逵、張順大笑釋嫌。宋江乃與戴宗、李逵、張順等人聚義，共投梁山。

《鬧江州》之李逵

《偷雞》

［說戲］

《時遷偷雞》一劇的故事情節，源自小說《水滸傳》和《綴白裘》。也是清宮廷連臺本戲《忠義璿圖》中的一折。

故事寫好漢楊雄與石秀結拜弟兄，二人殺死了淫僧和淫婦潘巧雲之後，倉皇出走。路上，他們巧遇夜掘王墳的鼓上蚤時遷，三個人相約投奔梁山。當他們行至鄲州地面的時候，乃在獨龍崗祝家店打尖求宿。時遷見店中有酒無肉，就偷偷宰殺了店中的報曉公雞，用火燒烤，自家食用。此事被店家發現，店家再三追問，他們佯裝不知，還故意戲弄。激怒了店家，報與祝莊莊主知曉。於是引來莊丁無數，經過一場激烈的打鬥，時遷被擒，楊雄、石秀逃至梁山求救。由此，引出「三打祝家莊」。

《偷雞》之楊雄

《偷雞》之石秀

《偷雞》之時遷

《偷雞》之店家

《探莊》

[說戲]

《探莊》,亦名《石秀探莊》,故事出自《水滸傳》第四十六回至五十回梁山泊三打祝家莊的情節之中。

楊雄、石秀投奔梁山,說明時遷在祝家莊被擒之事,宋江引兵攻打祝家莊。第一次攻打時貿然進兵,險些全軍覆沒,隨後派石秀探查盤陀路。石秀喬妝樵夫,遇鍾離老人,假作借宿,借機盜取了祝莊頭目祝小三的白翎,摸清盤陀路的暗號,並乘亂殺出。

欒廷玉追趕不及,恰宋江攻打祝莊前門,中伏不得出,石秀引路,花榮箭射紅燈,這才突出重圍。其後,梁山爭取李家莊、扈家莊的支持,三打祝家莊,取得大勝。

《探莊》之祝小三

《秦淮河》

［說戲］

《秦淮河》也稱《大嫖院》，故事出自《水滸傳》。

寫水泊梁山宋江生了重病，聞知金陵神醫安道全有起死回生之術，遂命張順下山去金陵請其上山看病。張順途中誤上水鬼張旺的賊船，險些被其害命，所幸水性好，方泅水逃脫。

張順到了金陵，見到安道全請其上山。安道金好色無度，迷戀秦淮妓女李湘蘭，遲遲不肯起程。恰巧水鬼張旺截得錢財，也來院中嫖宿，張順一見，火冒三丈，大鬧妓院，殺死了張旺、妓女李湘蘭和鴇母。隨後，用血在壁上書寫了「殺人者安道全」六字。逼得安道全走投無路，只好隨他上了梁山。

此劇人物眾多，但畫圖僅存妓女一幀，使人難知全貌。

《秦淮河》之妓女

《雙賣藝》

[說戲]

《雙賣藝》這齣戲，應是全本《慶頂珠》的後半部分。《慶頂珠》，又名《打魚殺家》。作者失考。據留春閣小史《聽春新詠》記載，嘉慶十五年前，大順寧部等戲班已經演出此戲。

故事描寫梁山好漢蕭恩，在起義失敗後和女兒蕭桂英隱居鄉里打魚為生。因不堪土豪丁自燮的欺壓，到官府告狀，反遭責打。蕭恩氣憤難忍，便以進獻家傳寶物慶頂珠「賠罪」為名，與女兒同往丁府，殺了丁自燮一家。

後來，蕭恩自刎而死，蕭桂英流落江湖，賣藝為生。一日來在平王鎮，可巧，蕭桂英的未婚夫花鳳春也流落至此。二人在賣藝場中相聚，一起賣藝。後經過阮小三、倪榮、李俊的婚證，二人結為百年之好。

《雙賣藝》之遊人甲　　　　　　　　　《雙賣藝》之遊人乙

《豔陽樓》

[說戲]

《豔陽樓》一名《拿高登》，亦名《大破仙人擔》。

故事寫宋朝權相高俅之子高登，愛好拳棒武藝，好色無度，倚仗其父權勢，搶男霸女，為害一方。一日，高登載酒出遊，遇梁山好漢徐寧之子青面虎徐士英一家郊外掃墓。高登見徐士英之妹徐佩珠姿質美貌，命手下人等搶回府中，欲納為妾。佩珠不從，被軟禁在豔陽樓上。

徐士英為救妹妹，緊追高登不捨。途中遇梁山好漢花榮之子花逢春和呼延灼之子呼延豹、秦明之子秦仁，遂向他們說明原委。三位英雄聞知大怒，挺身而出，決定幫助徐士英除暴安良。是夜，四人潛入高府，恰適高登酒醉出屋，遂上前拚殺，經過一場激戰，終於將高登及其爪牙一舉全殲，救出佩珠。

《豔陽樓》之高登

《豔陽樓》之徐世英

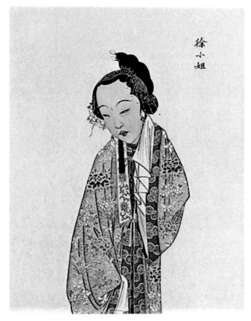

《豔陽樓》之徐小姐

《豔陽樓》之呼延豹

《豔陽樓》之花逢春

《豔陽樓》之秦仁（青任）

《青峰嶺》

[說戲]

《青峰嶺》一劇，又名《青楓嶺》或《青鳳嶺》

據說故事發生於宋代，但又無史可考，是舊藝人自己編撰的一齣戲。情節是江洋大盜劉飛虎、江老鼠二人聚眾恣事，霸佔山寨青峰嶺為盜。專門持械打劫、殺人越貨，怙惡不作。

江湖女傑徐鳳英是一位巾幗英雄，她率領族眾殺上青峰嶺，力敗劉飛虎和江老鼠，奪取山寨，占山為王。彼時，太原知府向蔡京行賄，命旗牌官李虎解送白銀十萬兩從嶺前經過。徐鳳英聞知以後，便率兵下山，擋住他們的去路。經過一番惡戰，徐鳳英擒住李虎，截下了這筆不義之財。

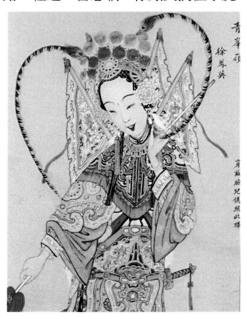 

《青峰嶺》之徐鳳英　　　　　　　　　《青峰嶺》之李虎

《鎮潭州》

[說戲]

《鎮潭州》是《說岳全傳》中的一折，寫的是好漢楊再興佔據九龍山為盜寇，其勢甚為猖獗。岳飛率師前去征討，命牛皋為先鋒，在山前討戰。楊再興殺下山來，未戰幾個回合，便將牛皋戰敗。

岳飛深愛其勇，欲收歸帳下，以為抗金臂助。便親臨戰場與楊再興言明，

二人對打以決勝負，不用幫手相助。岳飛傳令兵勇將士，只准立於遠處觀戰，不准上前助攻。就這樣，二人在九龍山前大戰三百回合，不見勝負。因為天色已晚，各自鳴金收兵。

次日再戰，二人正在難解難分之際，公子岳雲解糧到此。他不知有軍令在先，遂馳馬上陣助戰。楊再興譏笑岳飛背約，軍令不嚴，無有元帥資格，收兵不戰而回。岳飛惱羞成怒，回營後立斬岳雲。幸虧牛皋與眾將再三哀求，岳雲始得免死。被重責四十軍棍，送往山前，交與楊再興驗看刑傷，也是負荊請罪之意。楊再興心中贊許岳飛的正直公允。

岳飛欲得楊再興為自所用，異常焦急，夜不成寐。朦朧間，夢見楊再興的曾祖楊景教授使他用殺手鐧制敵方法。翌日，岳飛果用此法把楊再興擊落馬下。從此，楊再興心悅誠服，歸降岳飛，報效國家。

《鎮潭州》之岳飛　　　　　　　　《鎮潭州》之楊再興

《鎮潭州》之王貴

《鎮潭州》之牛皋

《鎮潭州》之施全（石權）

《鎮潭州》之狄（紀）青

《玉玲瓏》

［說戲］

《玉玲瓏》一劇也叫《玲瓏》，是描寫宋代的抗金女英雄梁紅玉的故事。梁紅玉原為京都名妓，一日，隨養母到宋營侑酒，見一巡更兵士露宿廟外，持戈酣睡，狀如虎踞。紅玉見其相貌英俊，不似凡夫俗子，遂喚醒詢問，知其名為韓世忠。又見他談吐不俗，胸懷大志，心生愛慕，便請韓世忠同回院內，二人訂下婚姻之盟。

韓世忠因此回營誤卯，主帥要將他斬首示眾。梁紅玉闖進營中，代夫剖辯，並歷數歷代女人俊目識英雄的典故，因而得到主帥的諒解。此時，恰逢金兵犯境、截擄中原。韓、梁二人自告奮勇請纓出戰，主帥令准。韓、梁協力同心，大敗金兵，將功折罪，在主帥的主持下，喜結連理。

《玉玲瓏》之王成

《玉玲瓏》之韓世忠

《玉玲瓏》之土地

《玉玲瓏》之梁紅玉

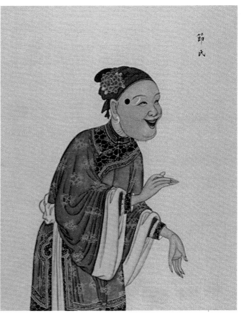

《玉玲瓏》之節氏

《瓊林宴》

［說戲］

宋代儒生范仲禹進京赴試，試畢回籍，途中妻子被惡人掠走，兒子丟失，驚恐成瘋，終日對空喃喃，四處訪尋。一日，行至山中，遇一樵夫，告知其妻下落，方知被奸相葛登雲搶去。范仲禹尋至相府，索要妻子。奸相巧言相辯，故作殷勤，款待留宿。席間將范仲禹灌醉，派遣爪牙前往殺害。此計觸犯神靈，派朱衣神將為虎作倀的爪牙殛死。奸相得知，即令眾惡僕持棍打死范仲禹，並將屍首藏匿箱中，拋棄郊外。

此時，范仲禹已高中榜首，報錄的四處尋找狀元，不見蹤影。但是川資已罄，告幫無門，正在無可奈何之際，適見一群僕眾抬箱而至。於是心生歹意，出面打劫。眾僕四處逃遁，報錄人正要打開箱蓋，不料箱中有人驀然而起，捉住報錄人不放，狀似瘋癲。報錄人大駭，幾經辨識，方認出他便是遍尋不得的狀元老爺范仲禹，於是相攜而去。

《瓊林宴》之煞神

《釣金龜》

［說戲］

　　大宋年間，鄉婦張康氏青春守寡，哺養兩個兒子成人。長子張宣，次子張義。張宣自幼讀書，赴試得中，便攜妻赴任去了，而且一去不歸。張義在孟津河下釣魚為生，供養母親。

　　一日張義在孟津河下釣得金龜一隻，此龜能屙金尿銀放錫拉屁，是個蓋世的奇珍。張義奉母命，攜帶金龜到祥符縣去找尋哥哥。及至署中，便被貪財的惡嫂王氏害死。

　　自從張義次子動身之後，康氏終日倚閭而望，朝思暮盼，久無音信。一日，夢見張義不期而至，七孔流血，甚是可憐。大夢醒後，驚疑不已。於是，打點行裝，長途跋涉，親自去往祥符，訪查張義下落。當她與長子張宣晤面之後，細問根由，始知張義得病身死，康氏悲痛萬分。夜宿靈柩之旁，張義鬼魂託夢，將惡嫂如何設謀，被害身死之事，一一訴於母親。並說自己含冤地下，心實不甘。次日，張康氏毅然赴衙告狀，包拯為之伸雪了冤情。

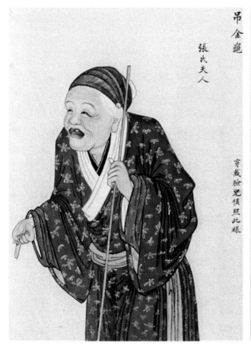 

　　　《釣金龜》之張氏夫人　　　　　　　《釣金龜》之張義

《烏盆計》

［說戲］

《烏盆計》的故事出自元人雜劇《丁丁當當盆兒鬼》，演的是宋代，南陽綢緞商人劉世昌，主僕二人結賬回家，行至定遠縣時，路遇傾盆大雨，借宿於窯戶趙大家中。趙大見財起意，與妻合謀，用毒酒將劉世昌主僕害死。又將他們的屍首剁成肉泥，燒成一個烏盆兒。

恰巧，賣草鞋的張別古來向趙大索要欠款，趙大便把烏盆相與抵債。途中，劉世昌的鬼魂向張別古哭訴了自己的冤枉。張別古甚是同情，卻又懼於官府，不敢代其鳴冤。經劉世昌反覆的開導乞求，張別古鼓足勇氣，告到縣衙。包拯問明情由，為劉世昌申雪了冤情，除凶懲惡，杖斃趙大。

 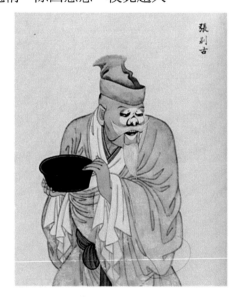

《烏盆計》劉世昌　　　　　　　　《烏盆計》張別古

《鍘美案》

［說戲］

宋代儒生陳世美，進京赴考得中狀元，被皇家招為駙馬。此時，家鄉遭遇大災，陳世美的父母雙雙餓死，秦香蓮鬻髮埋葬雙親，帶著一兒一女進京前來尋夫。陳世美為了榮華富貴，堅決不認妻兒。

丞相王延齡借過府拜壽之際，從中解勸，陳世美非但不聽，反起殺人滅口之心。命家將韓琪追至荒郊古廟，殺害香蓮母子。秦香蓮向韓琪哭訴了事

情原委，韓琪聽罷，心中不忍，但又難於覆命，遂拔刀自盡。

　　秦香蓮執刀告到包公府衙。包公設法賺陳世美過府，再次苦心勸解，望他認下香蓮母子，全家團圓。然而，陳世美執意不聽，包公命香蓮當堂對質，陳世美依仗駙馬身份，居傲放刁。包公憤極，要動以鍘刑。皇姑、太后聞訊，急來營救，搶奪香蓮兒女，阻撓公堂理事。包公鐵面無私，不畏權勢，終將陳世美正法。

《鍘美案》之太后

《鍘美案》之公主

《鍘美案》之秦（金）香蓮

《鍘美案》之冬哥春妹

《普天樂》

［說戲］

《普天樂》又名《鍘判官》，故事出自小說《包公案》。演宋仁宗時，一年元宵節，柳員外攜家眷出外觀燈。忽然來了一陣狂風，女兒柳金蟬被風颳散。柳金蟬失落荒郊，遇見屠戶李保。李保見金蟬一人心生不軌，圖財害命，將柳金蟬害死，棄屍橋邊，截掠珠翠而去。

柳金蟬的冤魂到陰曹地府告狀，五殿判官張洪乃是李保的舅父，為了包庇外甥，私自改寫了生死簿，把李保的名子改為顏查散。

柳金蟬死不暝目，冤魂尋找李保索命，李保和他的妻子刁氏害怕，又將其所奪珠寶首飾一併送回橋邊。此時，恰逢書生顏查散從此經過，拾得首飾包裹，意恐有人尋找，坐在橋邊守候。恰巧柳家僕人前來尋找金蟬，見其舊物，認定自家小姐被顏查散所害，將其扯至縣衙。鑒於人證物證俱全，顏查散屈打成招，被判死刑。

顏母跑到開封大堂喊冤，包公為查此案，親下陰曹，翻看生死簿，竟一無所獲。後來，查至陰山背後，經油流鬼道出原委，包公始知實情。於是大鬧五殿，將罪判帶回陽間重審。真相大白，遂使顏查散與柳金蟬還陽，絞死真兇李保，並在城隍廟前鍘了判官張洪，昭雪此案，普天同樂。

據《舊劇叢談》記載，清道光四年，此劇由春臺班首排並演於北京。後來此劇成為四喜班和玉成班的看家本戲，名噪京師。《慶升平班戲目》中也載有此劇，清宮內廷也時有演出，而且人物眾多，場面十分宏大。

《普天樂》之刁氏

《普天樂》之閻王

《普天樂》之夜遊神

《普天樂》之陰陽判官

《普天樂》之判官張魁

《普天樂》之順風耳

《普天樂》之千里眼　　　　　　《普天樂》之城隍

《普天樂》之門神　　　　　　《普天樂》之門神

《普天樂》之判官

《普天樂》之遊流鬼

《普天樂》之柳員外

《普天樂》之柳夫人

《普天樂》之李保

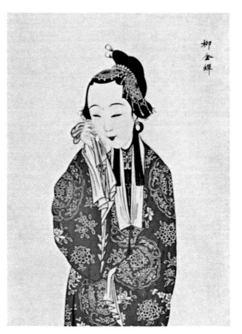

《普天樂》之柳金蟬

《普天樂》之丫環

《普天樂》之院子

《普天樂》之閣查散（槎珊）

．《普天樂》之閣夫人

《普天樂》之家人閣義

《普天樂》之風旗

《普天樂》之闍福

《普天樂》之知縣

《普天樂》之掌刑

《普天樂》之掌刑

《三俠五義》

[說戲]

　　《三俠五義》是一齣連臺本戲。其中包括《五鼠鬧東京》、《狸貓換太子》、《打龍袍》等等。故事演宋仁宗年間，河南陳州旱情嚴重，包拯到陳州放糧賑災。陳州惡霸龐煜仗著自己是皇親國舅，竟派人刺殺包大人。南俠展昭、錦毛鼠白玉堂等人暗中保護、幫助包大人，使他得以刀鍘國舅，除暴安良。

　　包大人還朝之際，遇一老婦喊冤，自稱李皇后。包拯還朝，夜審郭槐，查清了多年前的皇宮冤案「狸貓換太子」之事，迎李后還朝，使沉冤得雪，仁宗與李娘娘母子二人得以團聚。包公升任丞相。

　　南俠展昭和錦毛鼠白玉堂雖然都身懷絕技，卻互不服氣，二人之爭一再升級。太師龐吉處處和包拯作對，恃寵結黨營私。在與龐太師的較量之中，「貓鼠之爭」變成了「貓鼠聯合」，「五鼠」最終選擇了「大義」，歸附了包拯。包拯在俠客義士們的協助下，舉拔年輕清官、彈劾懲處權奸與貪官，太師龐吉終被繩之以法。

《三俠五義》之包文正　　　　　　　《三俠五義》之丫環

《三俠五義》之石小姐

《三俠五義》之鄧小姐

《三俠五義》之鄧車

《三俠五義》之鄧夫人

《三俠五義》之花蝴蝶

《三俠五義》之蔣平

《三俠五義》之盧芳

《三俠五義》之歐陽春

《三俠五義》之英雄

《三俠五義》之王朝

《三俠五義》之丫環

《三俠五義》之老院子

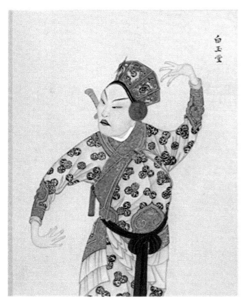

《三俠五義》之白玉堂

《三俠五義》之標客

《三俠五義》之斬雄飛

《三俠五義》之馬漢

《三俠五義》之石員外

明　代

《胭脂雪》

［說戲］

《胭脂雪》亦名《胭脂寶褶》，故事源自《智囊補》和清代《胭脂雪傳奇》。寫明代書生白簡入京應試，路過二龍山，遇俠盜公孫伯應邀上山一敘。臨別，贈送胭脂寶褶一件，以酬知遇之情。白簡來至京師之後，寄宿表兄所開玉龍酒館中。其時恰值上元節，民間大放花燈。明成祖朱棣微服私訪，來到玉龍酒館閒坐。聞得白簡讀書之聲，心中頗為嘉許，乃將其喚出，當面試之。見白簡才藝俱佳，攀談甚為融洽。白簡得逢知遇，便將胭脂寶褶相示，朱棣詳問寶褶來歷，白簡以實具告，並向朱棣薦舉公孫伯。朱棣臨行之時，藉故向白簡借用寶褶，以測白簡度量。白簡毫不猶疑，慨然予之。朱棣大喜，當即封白簡為進寶狀元，實授八府巡按。命他前去招安公孫伯。

白簡奉旨行至河南，獨自棄舟上岸，微服私訪。不意將印信失落。此印為仇愛川拾去，誤作比目鏡獻與縣令金香瑞。金香瑞嗜酒貪杯，諸事仰賴班頭白槐。得印之後，囑其緝訪此印根底。白槐行至按院舟船停泊之處打探，被巡撫兵丁捕獲。

白槐乃白簡之父，失散多年，不期舟中見面。父子相會，盡情歡敘。白簡實告印信丟失，正處在無可奈何之際。白槐聞之大驚，怒責白簡失印。忽然想起衙中所獲印信，想來必是白儉所失。於是二人定計，乘縣令金香瑞至縣署謁見白簡之際，暗在署後縱火。白簡佯往救火，把空印匣交付金香瑞保管。金香瑞打開印匣偷看，發現其中並無印信，大驚，特向白槐問計。白槐讓金香瑞把拾得之印放入空匣替代，兩相俱安。白簡復得失印大喜過望，迎接白槐一同上任去了。

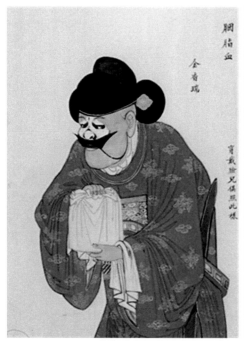

《胭脂雪》之金香瑞

《胭脂雪》之白懷

《胭脂雪》之白儉

《胭脂雪》之白其

《打嵩》

[說戲]

明嘉靖年間，嚴嵩父子專權納賄，殘害忠良。誣殺了忠臣楊繼盛、沈練、張經之後，朝臣多已緘口自保，無人敢言。御史鄒應龍為人剛直，一直想找個機會挫辱嚴嵩。於是，他向先帝後裔開山王常寶童獻計，慫恿他痛打嚴嵩，但不可傷及臉面，事後自有道理。常寶童聽了他的話，依計而行，在府中坐待時機。

一日，鄒應龍謁見嚴嵩，假作趨炎附勢之狀，取信於嚴嵩，被其引為心腹。依照應龍的安排，取旨親往開山府搜查逃犯。常寶童誘騙嚴嵩入殿，以其見先帝御容不拜為由，命令家將用金鐧痛打了嚴嵩一頓。嚴嵩狼狽逃回府中，鄒應龍隨後趕至，嚴嵩向他說明被辱經過，且要上殿參奏常寶童。鄒應龍告訴嚴嵩，他的臉上並無傷痕，皇帝怎能相信？嚴嵩認為有理，即令鄒應龍來打自己，製造傷痕。鄒應龍故意推委，不敢下手。嚴嵩再三懇求，鄒應龍這才且打且罵，以舒胸中之恨。嚴嵩負傷後猶自不解自陷其計，仍墮五里雲霧之中。

《打嵩》之鄒應龍

《打嵩》之嚴嵩

《打嚴嵩》之常寶童　　　　　　《打嚴嵩》之太監

《玉堂春》

［說戲］

　　《玉堂春》亦名《三堂會審》。全劇包括《嫖院》、《廟會》、《起解》、《會審》、《探監》、《團圓》等數折戲。故事出自清乾隆刊本不署撰人著《玉堂春全傳》。改編為戲劇後，內容有很大的改變。

　　明朝名妓蘇三，藝名玉堂春，頗有姿色。吏部尚書之子王金龍慕名拜會，彼此一見鍾情，二人互訂終身。待王金龍所帶銀兩悉數花盡之後，被鴇兒驅出院外，只落得在關王廟內打更為生。蘇三得知後前來探看，並贈送銀兩，助其赴試。

　　鴇兒貪圖錢財，將蘇三賣給山西富商沈燕林為妾。蘇三被誆到山西洪洞縣沈府之後，為沈燕林原配夫人皮氏不容，遂生醋海波瀾。皮氏下毒欲害蘇三，不料竟被沈燕林誤食身亡。皮氏誣告蘇三謀害，且在縣衙內外打點，蘇

三被屈打成招，判為死刑。

　　一日，蘇三被押到太原府，由巡按、藩司及臬司三堂會審。此時，王金龍早已高中，官任巡按，正在覆查此案。堂上，王金龍見蘇三受冤大為震驚，不能自持，為潘必正、劉秉義看破。王金龍裝病停審，蘇三再次收監。是夜，王金龍入監與蘇三相會，又被劉秉義撞見。劉秉義擬藉此參奏王金龍，被同僚潘必正勸阻，且平反了蘇三的冤獄，又出面做媒，使王金龍與蘇三破鏡重圓。

《玉堂春》之王金龍　　　　　　　　《玉堂春》之玉堂春

《玉堂春》之劉炳儀 　　　　　　　　《玉堂春》之張能仁

《玉堂春》之院子 　　　　　　　　《玉堂春》之大夫

清 代

《九龍杯》

[說戲]

《九龍杯》亦名《楊香武三盜九龍杯》，或《慶賀龍衣》。

這是一齣武丑擔綱的武戲。故事出自小說《施公案》，講清康熙皇帝在金沙灘行圍射獵時，突然竄出一隻猛虎欲傷皇帝。危難之時，綠林好漢黃三太用金鏢把猛虎打死，救康熙安然脫險。為此，康熙皇帝加封黃三太官職，並且御賜黃馬褂一襲。黃三太當眾誇下海口，他可以擔保皇家一草一木永遠完好無失。

可巧，當天皇宮丟失了稀世國寶九龍杯，不知是何人所盜，遍查不獲。朝廷大怒，把黃三太家屬入獄。嚴令黃三太限時找出盜杯之人，追回九龍玉杯。黃三太一籌莫展，無計可施。此時計全獻策，囑其以慶賀黃馬褂為名，邀集各路綠林英雄到府中聚會，藉此尋找線索。

黃府慶功宴如期舉行，屆時各路英雄紛至沓來。宴上，計全當眾誇耀黃三太打虎絕技以及官場的威風。終於，激怒了在座的飛賊楊香武。他一時衝動，說出了自己夜盜玉杯之事。並說，九龍杯現藏江湖英雄鄒應龍府上。黃三太聞知大驚，跪求楊香武營救全家性命。楊香武出於江湖意氣，又赴鄒府索杯。誰想鄒應龍不服黃三太，堅決不給玉杯。香武只得設下調虎離山之計，再次盜出九龍玉杯交付黃三太。並且與周應龍言和，了結此案。

《九龍杯》之黃三太

《九龍杯》之周應龍

《惡虎村》

[說戲]

故事出自小說《施公案》，黃天霸與濮天雕、武天虬三人曾經金蘭結義，成為莫逆之交。雖然黃天霸投效施公麾下為官府效力，但雙方各行其事，平素往來，交情仍篤。

一日，施公自江都進京述職，路經濮天雕和武天虬占踞的惡虎村。二人慾為綠林兄弟報仇，將施公劫入莊中，縛於馬圈之內，擬於三更時分，將施公剖腹挖心。而黃天霸與王棟、王梁，知道施公晉京必經惡虎村，唯恐施公被害，遂即跟蹤探訪。恰值鏢客李公髯押鏢打此經過，濮天雕和武天虬下山截鏢，雙方格鬥起來。黃天霸乘機予以解圍，放走了李公髯。黃天霸以祝壽為名要入莊探訪消息。濮、武二人言語支吾，不讓天霸入莊。黃天霸陡生疑竇，而且瞥見施公所乘的騾轎，從而識破真情，料知施公已然遇險。

黃天霸假裝不知，告別分手，回至客店與李公髯、王棟、王梁說明此事。四人於深夜潛入莊內，救助施公。濮天雕和武天虬見天霸突然復回，十分驚慌，勉強設飲招待。言談之間，愈說愈擰，一語不合，動起手來。天霸翻臉無情，頓起殺心，將濮、武二人和他們的妻子全部殺死，救出施公。李公髯等人也越牆而進，放火燒莊，一舉搗毀惡虎村。

《惡虎村》之俊夫人　　　　　　　《惡虎村》之黃天霸

《惡虎村》之濮天雕（刁）

《惡虎村》之醜夫人

《惡虎村》之武天虬（球）

《惡虎村》之李公然

《駱馬湖》

[說戲]

此劇根據《施公案》四集第四十六回改編。寫施世綸親率黃天霸等眾英雄，同往殷家堡擒寇，歸時分頭而走，不意半途，施世綸為駱馬湖水盜綽號鐵臂猿猴李佩所擒。李佩欲殺害施公，幸為李大成設計保全，暗將施公藏匿山洞，日侍茶飯。

原來施公任江都縣時，布商李大成販布往來於淮揚之間，為盜所劫，幸施公遣黃天霸等立拿群盜，李大成始得歸鄉。不意在二次經商之時，又被李佩所擒。李佩見李大成誠實憨厚，認為子侄，留在寨中聽用。此次，施公被擒正好發落在李大成之手，所以得救。但雖然保全了性命，仍無力救之出險。

黃天霸等回船，不見施公下落，四出訪探。黃天霸得到樵夫指點，訪得江湖老英雄褚彪，得知朱光祖師弟萬君兆為李佩之婿。一日，天霸在望江居酒樓飲酒，恰遇李大成；李乃告之施公下落，二人定計迎救。天霸乃偕朱光祖一起拜訪萬君兆，誘勸萬君兆反叛李佩。並且乘李佩壽辰，眾人喬妝改扮，隨萬君兆混入駱馬湖中，大打出手，救出施世綸，何路通水擒李佩。

《駱馬湖》之李佩

《駱馬湖》之李大成

《駱馬湖》之何路通　　　　　　《駱馬湖》之于亮

《駱馬湖》之萬君照　　　　　　《駱馬湖》之關泰

《駱馬湖》之李五

《駱馬湖》之部起鳳

《駱馬湖》之黃天霸

《駱馬湖》之朱光祖

《連環套》

[說戲]

清康熙年間，連環套草莽英雄竇爾敦，為報昔日之仇，盜走皇家御馬，嫁禍黃三太。然而，黃三太早已故去，其子黃天霸替父受屈，決心找回御馬。

黃天霸深入連環套拜山，用計套出竇爾敦盜御馬之事，又用言語相激，邀其次日山下比武。倘若竇爾敦比武不勝，則要交出御馬，負罪進京。竇爾敦滿口應允，依仗虎頭雙鉤，如同神助，比武場上，來者不懼。黃天霸也恐不敵，十分猶豫。神偷朱光祖知其所慮，自願拔刀相助。深夜隻身潛入連環套，盜走了竇爾敦的虎頭雙鉤。並將一隻匕首插在竇爾敦的案頭。

竇爾敦醒後大驚失色，不見雙鉤，也只得下山應付。黃天霸等當面斥責竇爾敦做事自己不敢擔當，有失光明磊落。竇爾敦失去兵器，無法比武，聞言心中慚愧，慨然承認盜馬是自己所為，甘願俯首就擒，隨黃天霸送回御馬。

《連環套》之賀天龍

《連環套》之竇二墩竇爾敦

《連環套》之賀天彪

《蔡天化》

[說戲]

《蔡天化》一劇又名《淮安府》、《雙盜印》，也叫《北極觀》，故事出自武俠小說《施公案》第三百三十六回《眾英雄大戰天齊廟蔡天化小住藏春樓》一節。

江洋大盜蔡天化，諢名賽罡風，原是飛來禪師的大徒弟，其人武藝超群，身懷絕技，力發神功，堪有萬夫不擋之勇，刀槍可以不入。因為他人品下流，性喜採花，不守空門之戒，所以被禪師逐出法門。

蔡天化積習不改，隨處作惡，地方婦女被其凌辱傷害者數不勝數。一日，他竄至淮安府，故意滋事，盜取了施公的印信，匿居北極觀中。

施公命黃天霸等人切實緝訪，終無結果。適有線人蔡黨李興兒密報消息，說明蔡天化藏身之所。賀仁傑跟蹤到北極觀中，探明印信所藏之處，遂暗地盜回印信，通知黃天霸、關泰、金大力諸人，協力捉拿蔡天化。

黃天霸、關泰等人夜入北極觀緝凶，但均被蔡天化所敗。後來，借安東縣打擂之際，施公親自聘請了萬君兆相助捉拿。經過一番激戰，眾英雄方將蔡天化擒獲。

此劇係編劇人將于成龍和蔡天化兩人的故事合為一人，演劇時長拳短打，刀槍劍戟，無不具備，來往追殺，五花八門，使人目不暇接，是一出齣集武打於一臺的大武戲。

《蔡天化》之蔡天化

《蔡天化》之黃天霸

《蔡天化》之賀人傑　　　　《蔡天化》之老道甲

《蔡天化》之老道乙　　　　《蔡天化》之老道丙

《蔡天化》之老道丁

《蔡天化》之王殿臣

《蔡天化》之郭起鳳

《蔡天化》之關泰

《霸王莊》

［說戲］

　　《霸王莊》，一名《捉拿黃隆基》；又名《英雄反正》。故事見於《施公案》後傳第四十四至四十八回。寫俞七下山，逃至表兄皇糧莊黃隆基家中避禍，黃隆基應允代其報仇。恰好朱光祖到來，大言行刺施世綸。既至，被黃天霸飛鏢擒獲。朱光祖與黃天霸有舊交，乘勢盡泄黃隆基聚眾造反之秘。施世綸乃使黃天霸喬裝改扮為家丁模樣，隨施公來到霸王莊，故意撩撥黃隆基之怒。由於朱光祖從中掣肘，黃天霸率領眾傑，搗毀霸王莊，將黃隆基一舉擒獲。

《霸王莊》之黃龍基　　　　　《霸王莊》之俞七

《霸王莊》之常六　　　　　　　　《霸王莊》之萬君照

《霸王莊》之關小西　　　　　　　《霸王莊》之黃天霸

《霸王莊》之朱光祖

《霸王莊》之喬三

《霸王莊》之米龍

《霸王莊》之竇虎

《八蜡廟》

［說戲］

《八蜡廟》，又名《捉拿費德恭》。《施公案》載：淮安招賢鎮巨盜費德恭，係飛天豹之門徒，武藝高強，持有寶劍一口，削鐵如泥；藥箭二十四枝，百發百中，中無不死，並善使連環棍，附近綠林，無不拜服。因此霸佔水龍窩，終日以搶家劫舍為事，尤最貪色。時逢八蜡廟廟會之期，費德恭與米龍、寶虎同往遊玩，見某氏女名蘭英者，姿首絕佳，遂強搶回寨，迫其服從。蘭英不允，即用亂棒打死。先是，費德恭已因強欲於武舉梁大剛女議婚未成，遂將其全家二十四口殺死洩恨，已犯有大剛一案。

施公早令黃天霸等在外偵探。至此，適為黃天霸等所目睹，遂向廟祝老道士處，探得大略，知梁大剛一案亦即此人所犯。黃天霸等乃急歸報知施公，於是有褚彪定策，令黃妻張桂蘭扮作民女，也往八蜡廟進香，被費德恭搶去，以便屆時內應。張桂蘭既至彼，先設計將費德恭寶劍、藥箭二物藏去，乃與賀人傑一同下手殺出。而褚彪、黃天霸等亦早埋伏在外，至是裏應外合，方克將費德恭擒獲正法云。

《八蜡廟》之費德公　　　　　　　　　《八蜡廟》之賀人傑

《八蜡廟》之費興

《八蜡廟》之張桂蘭

《八蜡廟》之褚彪

《八蜡廟》之金大力

《八蜡廟》之關泰　　　　　　　《八蜡廟》之黃天霸

神 話

《寶蓮燈》

［說戲］

《寶蓮燈》又名《劈山救母》，是一個神話故事，並無朝代可考。

劇情寫西嶽華山蓮花峰上有一座聖母娘娘廟，廟裏供奉著一位美麗的三聖母。三聖母愛上了書生劉彥昌，不顧天上的規矩，與劉彥昌私下結婚，並且懷了身孕。此事被三聖母的哥哥二郎神楊戩得知，大發雷霆，認為三聖母不尊天條，帶領天兵天將趕到華山興師問罪。三聖母得到消息後，讓劉彥昌山下躲避。此時，聖母分娩，生了一個男孩兒，取名沉香。聖母無法哺養，把沉香交給侍女靈芝帶走，自己挺身出戰。二郎神不容三聖母分辯，絕了兄妹之情，將聖母壓在華山之下。

劉彥昌赴試得中，官居禮部侍郎，娶妻王秀英，生有一子名叫秋哥。此時，靈芝也把沉香送至府中，亦由秀英夫人哺養。秋哥與沉香一起長大，一起在南學讀書。一日，書房學童鬥毆，誤傷秦府官保，秦府不依，前來索人。秋哥和沉香均說是自己之過，甘為官保償命，急得劉彥昌與王秀英束手無策。劉彥昌只好說出沉香的身世，王秀英深明大義，放沉香逃走。

沉香得知自己母親的受難經過，決心去華山救母。一路上歷經千難萬險，百折不撓。他的勇敢精神感動了霹靂大仙，收為弟子。在霹靂大仙的指點下，沉香脫胎換骨，練就一身武藝，並得到一柄寶斧。沉香來至華山，戰敗了二郎神，劈開華山，救出了自己的母親。接著又迎來父母，全家團圓。

《寶蓮燈》之秦燦　　　　　　　　《寶蓮燈》之神仙

《寶蓮燈》之沉香　　　　　　　　《寶蓮燈》之王秀英

《泗洲城》

[說戲]

此劇出自神話傳說，並無具體朝代可考，《檮杌閒評》載有其事。元明雜劇中亦有《泗州大聖淹水母》一齣，係京劇《泗州城》藍本。

故事寫古代泗州城附近有一虹橋，橋下水晶宮住著一位修煉千年之久的水母。水母貪戀紅塵，一日出宮閒遊，恰逢泗州知州之子時廷芳赴京趕考，路過虹橋。水母見其風度翩翩，心生愛慕，遂施法術將廷芳攝入水府，意欲與他結為百年之好。

時廷芳懼禍，假意允婚。是夕，他索得水母身邊攜帶的避水明珠，趁機將水母灌醉，逃出水晶宮。水母酒醒，不見公子，怒火中燒。率領族眾殺至泗州城下，勒令泗州知州歸還寶珠，並且允許與其子成親，否則將水淹泗州城。

知州無計可施，乃求觀世音菩薩相救。觀世音召集天神擒拿水母。水母不懼，與之相抗。菩薩幻化成一位老嫗，在道旁啼哭。水母問其緣故，老嫗說口中乾渴，心如火焚。水母見之生憐，以清水相贈。老嫗抱桶狂飲，水母急奪水桶，觀世音亦現原形，雙方爭鬥，不分上下。觀世音再次化作賣麵老嫗守候道旁。水母與天神天將爭鬥良久，腹中飢餓，便在老嫗攤前食麵。不想麵條化為鎖鏈，拴住水母五臟六腑，水母只得束手被擒。

《泗州城》之狀元　　　　　　　　　《泗州城》之泗州知州

《泗州城》之水母

《泗州城》之孫悟空

《泗州城》之伽藍

《泗州城》之靈官

《泗州城》之玄壇

《泗州城》之韋馱

《泗州城》之化身

《泗州城》之哪吒（挐嗟）

《百草山》

[說戲]

《百草山》，亦名《百鳥朝鳳》或《鍋大缸》。故事出自《鉢中蓮》傳奇。講百草山中的旱魃，化身為王家莊的民婦王大娘。取死人噎食罐煉成黃磁缸，用以抵禦雷劫。後為巨靈神撞裂，王大娘尋找小爐匠前來補缸。觀音大士乃遣土地幻作補鍋匠人轱轆，前去修缸。轱轆乘機故意打碎黃磁大缸。旱魃大怒，欲殺害轱轆。觀音大士便請天兵天將下界，經過一番大戰，終於斬除旱魃。

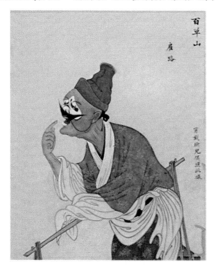

《百草山》之轱轆（雇路）

《百草山》之王大娘

《百草山》之哪吒（搴嗟）

《百草山》之化身甲

《百草山》之化身乙

《百草山》之摩（磨）天在

《百草山》之女妖

《百草山》之水妖甲

《百草山》之水妖乙

《百草山》之白虎

《百草山》之青龍

《百草山》之金眼豹

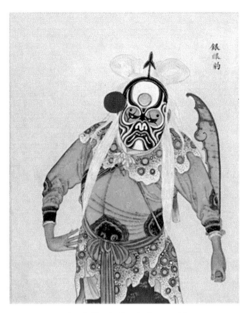

《百草山》之銀眼豹

《百草山》之伽藍

《百草山》之迴護

《百草山》之大佛

《百草山》之二郎神　　　　　《百草山》之韋陀

待　考

　　這些《清宮戲畫》原本藏在清宮大內，由於種種原因流散民間，又因其排列失序，缺少文字說明，且每一齣戲，人物不全。有的，有劇名而缺人物；有的，有人物而沒有劇名。筆者在編纂過程中，曾一一核對整理，不明白的地方，千方百計向專家求教，力求準確無誤。但是，依然有些戲劇人物只知其名，而不知其出處。筆者不便妄斷，故編排於後，有待專家考證。此外，筆者在資料搜集過程中，發現有幾幀畫面質量不甚清晰的扮相譜，因不甘捨棄，又不能放大刊用，遂製成小圖，附之於後，僅作為參考資料備存。

周白玉

田妙源

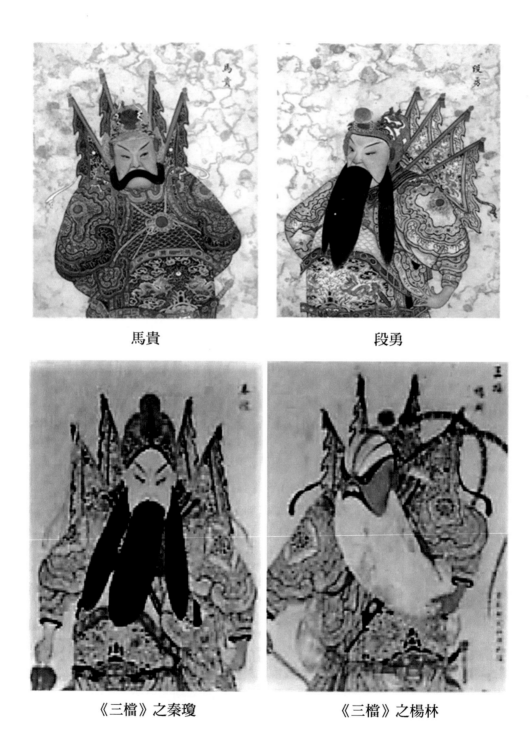

馬貴　　　　　　　　　　　段勇

《三檔》之秦瓊　　　　　　《三檔》之楊林

《英雄會》之寶爾敦

《英雄會》之黃三太

《賣馬》之單雄信

參考文獻

1. 趙夢林著，《京劇人物》，朝花出版社，1999年。

2. 王少洲曹國麟著，《國劇臉譜藝術》，臺灣漢光文化事業股份有限公司，1984年。

3. 中國戲曲學院編，《中國京劇服裝圖譜》，北京工藝美術出版社，2003年。

4. 王文章編，《中國藝術研究院藏清昇平署戲裝扮相譜》，學苑出版社，2005年。

5. 龔和德著，《清代宮廷戲曲的舞臺美術》，中國戲劇出版社，1987年。

6. 張淑賢文，《清宮戲衣材料織造及其來源淺析》，《故宮博物院院刊》，1986年2期。

7. 王芷章編，《昇平署志略》，商務印書館，2006年。

8. 朱家縉、丁汝芹著，《清代內廷演劇始末考》，中國書店，2007年。

9. 丁汝琴著，《清代內廷演戲史話》，紫禁城出版社，1999年。

10. 北京燕山出版社編，《京劇史照》，北京燕山出版社，1992年。

11. 金耀章編，《中國京劇史圖錄》，河北教育出版社，1994年。

12. 《北京圖書館藏昇平署戲曲人物畫冊》，北京圖書館編，北京圖書館出版社，1999年。

13. 《清昇平署戲曲人物扮相譜》，楊連啟，中國戲劇出版社，2020年。

讀　後

　　我們夫婦都是九十多歲的人了，退休前一直從事戲曲研究和演出、教學工作。可以說，一生與京劇結下了不解之緣。

　　我們都是在老式的大家庭里長大的，由於家嚴的工作和社會地位（曾任中國實業銀行總稽核）所致，家中日日門庭若市，賓客盈門，送往迎來，酬酢宴樂之暇，賓主談論京劇，評論當紅的名伶是彼時最時尚的話題。在這種傳統文化的薰陶下，我們自幼對京劇產生著濃厚的興趣，並且家中聘有教習，檀板清歌是業餘生活重要的組成部分。

田淞先生與沈毓琛夫婦

　　1950年，我們投身於新中國的戲曲事業，在田漢先生的推薦下，我與愛人沈毓琛一起進入中國戲曲學院的前身中國戲曲改進局戲曲實驗學校工作。我在藝委會擔任秘書，並兼任校長田漢先生和王瑤卿先生的秘書。一方面參與學校管理，另一方面參加「戲改」工作，協助王瑤卿、蕭長華、程硯秋、蓋叫天等老一輩藝術家整理傳統劇目。這種工作一直到我脫離學校，專事演出為止。我愛人沈毓琛在中國戲校擔任文化教員和班主任，一直工作到退休，前後執教三十四年之久。

　　讀了李德生和王琪夫婦編寫的這部《春色如許》之後，我們心中十分高興。此書不僅對清代宮廷戲劇進行了一些普及性的推介，更重要的是彙集了這麼多宮廷畫師精心繪製的圖畫，從戲劇人物扮相的角度，闡述了京劇藝術的傳承和歷史沿革，給京劇藝術的研究工作，提供了豐富的圖文資料。作者請我們寫篇讀後感，經再三斟酌後，擬結合本書的《前言》，進行一些補充。

　　王瑤卿先生在戲劇界被譽為「通天教主」，「四大名旦」皆出其門，他還是清代昇平署特聘入宮演戲、碩果僅存的一位老「供奉」。他在舞臺上的改革創新，為京劇旦角表演作出巨大的貢獻，在舊日宮廷的演出中，也曾深得慈禧太后的賞識。我給王瑤卿先生當秘書的時間並不長，雖說只有三、四年的工夫，但在相處的交談中，不僅從藝術上獲益匪淺，而且還瞭解到很多有關清宮演戲的典故。

　　王瑤老講：京劇藝術的形成與完善，確切地說應該是在同、光初年開始的，並且與慈禧和光緒的倡導，有著密不可分的關係。慈禧原為咸豐皇帝的妃子，咸豐帝愛聽皮簧戲，這一嗜好也深深地影響了慈禧的一生。據《清宮檔案》記載，就在咸豐病故的前半個月裏，避暑山莊依然鑼鼓喧天，連演了十一天大戲。慈禧在病榻前陪著咸豐一起觀看《琴挑》、《借餉》、《查關》、《白水灘》等一齣齣文武大戲，直到咸豐駕崩。光緒七年（1881），慈安太后去世，慈禧大權獨攬，加之甚愛戲劇，內廷演劇活動更加頻繁。她打破了民間班社不得進宮的禁令，挑選了一大批皮簧演員入宮承差。這些演員不僅在宮中演唱皮簧，而且還擔任教習，指導宮內的太監伶人演唱「花部亂彈」。

　　慈禧本人還經常指導新戲的創作和排練，甚至降貴紆尊，親自改寫戲中的唱詞。據王瑤老講，慈禧還把自己寫的唱腔交給他，叫他編配新腔。有幾齣宮裏排演的新戲，如《天香慶節》等，慈禧太后還恩准他帶出宮外演唱。慈禧對皮簧戲的喜好程度，遠遠超過了對國計民生的關心。為慈禧畫像的西洋

畫師卡爾女士，在她自己的《回憶錄》裏寫道：「菊部開演之時，太后坐在戲樓中仔細推敲，終日毫無倦色。」在慈禧太后如此抬愛的影響下，王公大臣們對京劇的癡迷程度，也就達到了匪夷所思的地步。

清宮內廷演戲，無論是「內學」還是「外學」，對演出質量的要求都極其嚴格的。王瑤老曾多次見到太后和光緒對那些在臺上「懈怠」、「發呆」、「賣野眼」的演員，降旨申斥，並且給予嚴厲責罰。有一次見到一個演旦角的在臺上「大岔襠」地站著，慈禧太后悖然大怒，喝令左右把他「拉下來就打」。後來，這句「拉下來就打」成了內行的一句調侃的術語。正是這種權威性的嚴格要求，促使了京劇藝人做戲時不敢有絲毫馬虎。

王瑤老說：早年間民間藝人的演出，從劇本編排到登臺演出隨意性很強，不少戲只有提綱，並無準詞兒，但憑演員場上發揮。但是，這些民間劇目一旦被徵調進宮，馬上就變「嚴整」起來。首先要通過管理精忠廟事務的衙門呈送劇本，報上演出時間的長短，以及劇中的角色穿戴扮相。先由衙門和昇平署驗看無誤以後，才能辦理手續進宮。但有「有悖常理」、做、表「不規矩」的地方，都得認真改正。每一齣戲經過這麼一「規整」，盡可能地達到較為完美的程度，無疑對京劇藝術水平的整體提高，起到很大的促進作用。

王瑤卿回憶他進宮演的第一齣戲是《玉堂春》，由他的老師謝雙壽操琴。進宮之前，謝雙壽就囑咐王瑤卿，告訴他宮裏唱戲規矩多，千萬不可走神，慈禧聽戲愛看著「串貫」（即戲詞），臺上唱的若和她手上看的不一樣，怪罪下來，輕則罰點俸祿，重則興許打演員幾竿子。他說「串貫」就是宮裏用的「總講」，上面詳細記載著唱詞、鑼經、扮相、動作，甚至尖團字都記得清清楚楚。謝雙壽要王瑤卿不要太緊張，宮裏宮外演的都差不多。《玉堂春》中有一句詞要注意，就是蘇三出場後唱的幾句〔散板〕中「蘇三此一去好有一比，好比那羊入虎口有去無還」。其中「羊入虎口」一定要唱成「魚兒落網」，因為慈禧屬羊，她最忌諱「羊」字。誰知演出後，李蓮英奉命找下來了，原來在〔哭頭〕後面，崇公道說：「不要害怕，少時都察大人開脫了你的死罪也就是了。」接下去蘇三還有句唱詞：「蘇三進了都察院，好似入了鬼門關。」這兩句唱詞在外邊已經改成掃頭了，王瑤卿不知道宮裏還得唱。一聽說「找下來了！」連謝雙壽也嚇了一跳，只聽李蓮英說：「老佛爺問啦，整齣戲都唱了，幹麼留兩句，偷這個懶啊！」謝雙壽忙解釋說宮外現在都是這樣唱的，王瑤卿頭次進宮承差，不懂規矩，還望總管在老佛爺面前美言兩句。李蓮英聽完後，就

把這事向慈禧回了,這件才算搪塞過去,慈禧也沒再追究。但從此長了記性,演員一定要照本唱戲。

王瑤老就其自身在宮中演過的戲,如《汾河灣》、《桑園會》、《長阪坡》、《探母回令》等,劇中的一腔一字、一招一式,都有「準地兒」,成了標準的「樣版子」。待其再度移至民間演出時,就不能「離譜」「走板兒」了。他說:老「供奉」孫菊仙素有盛名,但他有時在臺上偷懶。老太后特為他下了一道旨意:「凡承戲之日,著該班安本。孫菊仙承戲詞調不允稍減。莫違。」正是這樣一番「細摳」,不少骨子老戲傳至而今也沒有多大改變。

在戲劇服裝方面的「男遵明制,女隨本朝(清朝)」,也是這麼傳下來的。京劇的歷史故事戲目極多,上自三皇五帝,下至唐宋元明,帝王將相的穿戴都因襲明代宮廷所遺戲裝的基本式樣,進行改造製作的。但是,旦角在臺上的服裝,譬如裙子、襖、坎肩、飯單、雲肩、斗蓬、彩婆子襖等等,則多是從清代婦女常服款式改造而成的。一些女性角色在戲中穿旗裝,梳旗頭,如《四郎探母》的鐵鏡公主、《大登殿》中的代戰公主,《查頭關》中的尤春風等人的扮相,也都是經過慈禧太后的默認和昇平署首肯的。

王瑤老說:宮中演戲對服裝的要求甭提多嚴格了。有一次他進宮演戲,把門的太監有意刁難,把拎著服裝的跟包攔在宮外,不讓進去。我在後臺成心找著一身舊行頭穿上。演完後太后責問:「王大的行頭怎麼這麼舊哇?」我便說明了自己的新行頭被攔在了宮外,沒讓進來。順勢就告了他們一狀。索幸我還遵守了「寧穿破,不穿錯」規矩。穿舊了,是守門太監們的錯;要是穿錯了,可就是我的錯了。從王瑤老的這些回憶中,也可以看出京劇在形成過程中,宮廷戲劇對其日臻完美所起到的規範作用。

本書對清末宮廷演出人物扮相做了全景式的記錄,在照相術尚未傳入的情況下,這些畫作顯得尤為珍貴。不少劇目與今日舞臺上的人物形象相對比較一下,大多「八九不離十」,原則上沒有太多的變化。這方面應該歸功於當年宮廷戲劇對於戲劇服飾的精心設計,所起到的示範作用。

這裡還要補充說明一下關於清朝管理戲曲的衙門和梨園公會對京劇完善所起的作用。過去的研究者多從批評的角度否定它們,而對這一機構所起到的好的作用很少提及。我在戲校工作期間,曾請王芷章教授來校講《京劇史》。他說:清朝管理戲曲的衙門是設在北京東珠市口的精忠廟裏邊,與同業公推的梨園會館(既梨園公會)同在一院裏。這個衙門是繼承明代教坊司的制度

設置的。大概在雍正七年，改名為管理精忠廟事務衙門。北京城的戲班、戲園和梨園公會都歸它統一管理。

　　該衙門與昇平署不同，是隸屬於內務府直轄的，主要負責貫徹執行朝廷有關戲劇方面的政令，協同昇平署處理宮裏、宮外伶人的行政管理。從一些散落民間的檔案材料來看，作為政府的一個職能部門，掌控著民間戲劇導向，禁止不良劇目泛濫、約束伶人遵守職業道德，本亦是無可厚非的。例如，查禁誨淫誨盜的壞戲，禁演《翠屏山》、《殺子報》等，也是淨化舞臺的必要措施。同時，它和梨園公會一起對京劇的成熟和劇團組織的規範化，也起過推動作用。例如，南府散後，許多著名的藝人留在北京，衙門和梨園公會安排他們教戲為生，把技藝傳給後人。另一方面，昇平署廣泛吸收民間俊才入宮演戲，均由管理精忠廟事務衙門為他們辦理手續，解決伶人的後顧之憂。直到光緒九年挑選教習時，還是按舊規矩辦事。譚鑫培、孫菊仙、陳德霖、楊小樓、王瑤卿等一大批「供奉」，也是通過這種手續才得以註冊入宮。說明昇平署與精忠廟事務衙門之間是一種相互依佐的關係。當年，舊式戲園樓上包廂靠近下場門處有一包廂，一般是不賣座的，這個廂是專門侍候昇平署首領和精忠廟衙門來審戲的。

　　另外，皇帝、皇后如慈禧、光緒對戲劇的一些要求和意見（諭旨），有不少也是通過管理精忠廟事務衙門傳達下來，再由梨園公會會首（既精忠廟首）傳至各個班社和藝人謹遵，其中不少對於演戲的具體要求，如「不准臨場懈怠」、「寧穿破不穿錯」等規矩，也就此傳了下來。有的還寫入了京城諸科班（如富連成）、戲班的《班規》、《班訓》之中。

由淞

沈毓琛

寫於北京西山八大處金夢園